卞尺丹几乙し丹卞と
Translated Language Learning

Les Aventures d'Alice au Pays des Merveilles

Alice kalandjai Csodaországban

Lewis Carroll

Français / Magyar

Dans le Terrier du Lapin
Le a nyúllyukba

Alice commençait à être très fatiguée
Alice kezdett nagyon fáradt lenni
Elle était assise à côté de sa sœur sur le talus d'herbe
A nővére mellett ült a füves parton
Mais elle n'avait rien à faire
De nem volt semmi köze
Sa sœur lisait un livre
A nővére könyvet olvasott
une ou deux fois, Alice jeta un coup d'œil dans le livre
egyszer-kétszer Alice belekukucskált a könyvbe
Mais le livre ne contenait ni images ni conversations
De a könyvben nem voltak képek vagy beszélgetések
« À quoi sert un livre sans images ? » pensa Alice
"Mi haszna egy könyvnek képek nélkül?" - gondolta Alice
« Pourquoi un livre n'aurait-il pas de conversations ? »
"Miért ne lenne egy könyvben beszélgetés?"
Mais elle avait d'autres choses à considérer
De más dolgokat is figyelembe kellett vennie

« Faire une chaîne de marguerites serait un plaisir »
"százszorszépek láncolatát készíteni öröm lenne"
« Mais cela vaut-il la peine de se lever et de cueillir les
marguerites ?? »
- De megéri-e az erőfeszítést, hogy felkeljen és szedje a
százszorszépeket?
Ce n'était pas si facile d'y penser
Erre nem volt olyan könnyű gondolni
parce que la journée la rendait somnolente et stupide
mert a nap álmosnak és hülyének érezte magát
Mais soudain, ses pensées s'interrompirent
De hirtelen megszakadtak a gondolatai
un lapin blanc aux yeux roses courait près d'elle
egy rózsaszín szemű fehér nyúl futott el mellette

Il n'y avait rien de trop remarquable chez le lapin
A nyúlban nem volt semmi túlságosan figyelemre méltó
et Alice ne trouvait pas non plus le lapin remarquable
és Alice sem tartotta figyelemre méltónak a nyulat
elle ne s'étonna pas non plus quand le Lapin parla
és nem is lepte meg, amikor a Nyúl megszólalt
« Oh mon Dieu ! Je serai trop tard ! se dit-il

"Ó, drágám! Elkéstem!" - mondta magában
**mais alors le Lapin a fait quelque chose que les lapins n'ont
pas fait**
de aztán a Nyúl olyat tett, amit a nyulak nem tettek meg
le Lapin tira une montre de la poche de son gilet
a Nyúl elővett egy órát a mellényzsebéből
Il regarda l'heure puis se hâta
Ránézett az időre, majd továbbsietett
Alice se leva, stupéfaite
Alice csodálkozva talpra állt
Elle n'avait jamais vu un lapin avec un gilet auparavant !
Még soha nem látott nyulat mellényben!
elle n'avait jamais vu non plus de lapin avec une montre !
Nyulat sem látott még órával!
Alice brûlait d'une nouvelle curiosité
Alice új kíváncsiságtól égett
et elle courut à travers le champ après le Lapin
és átfutott a mezőn a Nyúl után
Elle était juste à temps pour voir le lapin disparaître
Éppen időben volt, hogy lássa a nyúl eltűnését
Le lapin sauta dans un grand terrier de lapin
A nyúl leugrott egy nagy nyúllyukba
Un instant plus tard, Alice s'est mise à courir après le lapin !
Egy másik pillanatban lefelé ment Alice a nyúl után!
Le terrier du lapin continuait tout droit comme un tunnel
A nyúllyuk egyenesen haladt tovább, mint egy alagút
Et le tunnel a continué à avancer sur une certaine distance
és az alagút tovább haladt egy bizonyos távolságig
Et puis le chemin s'est soudainement incliné
Aztán az ösvény hirtelen leereszkedett
Alice n'eut pas un instant pour songer à s'arrêter
Alice-nek egy pillanatra sem volt arra gondolnia, hogy
megállítsa magát
Elle s'est retrouvée à tomber et à tomber
Azon kapta magát, hogy leesik és leesik
Il semblait qu'elle était tombée dans un puits très profond
Úgy tűnt, mintha egy nagyon mély kútba esett volna

Ou le puits était très profond, ou bien elle tombait très lentement
Vagy a kút nagyon mély volt, vagy nagyon lassan esett
parce qu'elle avait tout le temps de tomber
mert bőven volt ideje esni
alors qu'elle tombait, elle pouvait regarder tout autour d'elle
Ahogy zuhanni kezdett, körülnézett
D'abord, elle a essayé de comprendre où elle allait
Először megpróbálta kitalálni, hová megy
mais le puits était trop sombre pour voir quoi que ce soit
De a kút túl sötét volt ahhoz, hogy bármit is lásson
Puis elle regarda les côtés du puits
Aztán megnézte a kút oldalát
Et elle remarqua qu'il y avait des placards tout autour d'elle
És észrevette, hogy szekrények vannak körülötte
et tout autour du puits il y avait des étagères de livres
és a kút körül könyvespolcok voltak
Çà et là, elle voyait des cartes et des tableaux accrochés à des piquets
itt-ott térképeket és képeket látott csapokra akasztva
En passant, elle prit un bocal sur l'une des étagères
Levett egy üveget az egyik polcról, amikor elhaladt
Le pot a été étiqueté pour son contenu
Az üveget címkével látták el a tartalma alapján
« MARMELADE D'ORANGES »
"NARANCSBÓL KÉSZÜLT LEKVÁR"
Mais, à sa grande déception, le pot de marmelade était vide
De nagy csalódására a lekváros üveg üres volt
Elle ne voulait pas laisser tomber le pot de marmelade vide
Nem akarta leejteni az üres lekváros üveget
et sa chute fut très lente
és az esése nagyon lassú volt
Elle a donc réussi à mettre le pot de marmelade dans l'un des placards
Így sikerült a lekváros üveget az egyik szekrénybe helyezni
Tombée, descendue, tombée !
Le, le, le, leesik!

La chute prendrait-elle fin ?
Véget ér-e valaha a bukás?
Il n'y avait rien d'autre à faire
Nem volt mit tenni
alors Alice commença bientôt à se parler à elle-même
így Alice hamarosan beszélni kezdett magában
« Je vais beaucoup manquer à Dinah ce soir, je pense ! »
"Dinah-nak nagyon fog hiányozni ma este, azt hiszem!"
Dinah était le chat d'Alice
Dinah Alice macskája volt
« J'espère qu'ils se souviendront de sa soucoupe de lait à l'heure du thé »
"Remélem, emlékezni fognak a csészealj tejére teaidőben"
« Dinah, ma chère, je voudrais que tu sois ici avec moi ! »
- Dinah, kedvesem, bárcsak itt lennél velem!
Alice sentit qu'elle s'assoupissait
Alice úgy érezte, hogy elszunnyad
Et puis soudain, bruit sourd ! bourrade!
És akkor hirtelen, dübörgés! Thump!
Elle tomba sur un tas de bâtons
leesett egy halom botra
et elle atterrit sur un tas de feuilles sèches
És leszállt egy halom száraz levélre
et enfin la longue chute dans le trou était terminée
És végül véget ért a hosszú zuhanás a lyukon
Alice n'était pas du tout blessée
Alice egy cseppet sem sérült meg
Et elle se leva d'un bond au bout d'un instant
és egy pillanat alatt felugrott
Elle leva les yeux, mais il faisait noir au-dessus de sa tête
Felnézett, de minden sötét volt a feje fölött
Devant elle se trouvait un autre long couloir
Előtte egy másik hosszú folyosó volt
et le Lapin Blanc était toujours en vue
és a Fehér Nyúl még mindig látható volt
Il se hâtait dans le couloir
Sietett lefelé a folyosón

Il n'y avait pas un instant à perdre
Nem volt vesztegetni való pillanat
Alice s'enfuit comme le vent
ki futott Alice, mint a szél
Au coin de la rue, le lapin s'est retourné
A sarkon megfordult a nyúl
Elle était juste à temps pour entendre le lapin
Éppen időben volt, hogy meghallja a nyulat
« "Oh, mes oreilles et mes moustaches" »
"Ó, a fülem és a bajuszom"
« Comme il est tard ! »
- Milyen késő van!
Elle était tout près derrière le lapin
Szorosan a nyúl mögött volt
Elle tourna au détour d'un autre coin
Befordult egy másik sarkon
mais le Lapin n'était plus visible
de a Nyulat már nem lehetett látni
Elle se retrouva dans une longue salle basse
Egy hosszú, alacsony teremben találta magát
La salle était éclairée par une rangée de plafonniers
A termet mennyezeti lámpák sora világította meg
Il y avait des portes tout autour de la salle
A terem körül ajtók voltak
mais toutes les portes étaient fermées à clé
De minden ajtó zárva volt
Elle marcha tout le long d'un côté de la salle
Végigsétált a terem egyik oldalán
et elle avait fait tout le chemin de l'autre côté de la salle
és egészen a terem másik oldaláig sétált
Elle avait essayé toutes les portes
Minden ajtót kipróbált
et elle marchait tristement au milieu de la salle
és szomorúan sétált végig a terem közepén
« Comment vais-je jamais en sortir ? »
"Hogyan fogok valaha is kijutni?"

Tout à coup, elle tomba sur une petite table
Hirtelen egy kis asztalra bukkant
La table était entièrement en verre massif
Az asztal teljes egészében tömör üvegből készült
Il n'y avait rien sur la table à part une petite clé dorée
Nem volt semmi az asztalon, csak egy apró aranykulcs
La clé pourrait appartenir à l'une des portes !
Lehet, hogy a kulcs az egyik ajtóhoz tartozik!
Mais, hélas ! Certaines serrures étaient trop grandes pour les clés
De sajnos! Néhány zár túl nagy volt a kulcsokhoz
et pour les autres serrures, la clé était trop petite
és a többi zárhoz a kulcs túl kicsi volt
mais, en tout cas, la clef n'ouvrit aucune des portes
De mindenesetre a kulcs egyik ajtót sem nyitotta ki
Mais que devait-elle faire ?
De mit kellett tennie?
Elle traversa de nouveau le couloir
Újra átment a termen
et cette fois, elle remarqua un rideau bas
És ezúttal észrevett egy alacsony függönyt
Derrière le rideau se trouvait une petite porte
A függöny mögött volt egy kis ajtó
La porte avait une quinzaine de pouces de haut

Az ajtó körülbelül tizenöt hüvelyk magas volt
Elle essaya la petite clé dorée dans la serrure
Kipróbálta a zárban lévő kis aranykulcsot
Et à sa grande joie, la clé s'est glissée dans la serrure !
És nagy örömére a kulcs illeszkedik a zárba!
Alice ouvrit la porte
Alice kinyitotta az ajtót
et elle trouva la porte qui donnait sur un petit couloir
És megtalálta az ajtót, amely egy kis folyosóra vezetett
Le couloir n'était pas beaucoup plus grand qu'un trou à rats
A folyosó nem volt sokkal nagyobb, mint egy patkánylyuk
Elle s'agenouilla et regarda le long du couloir
Letérdelt, és végignézett a folyosón
et elle a vu le plus beau jardin que vous ayez jamais vu
És látta a legszebb kertet, amit valaha láttál
comme elle avait envie de sortir de cette salle sombre
mennyire vágyott arra, hogy kijusson abból a sötét teremből
comme elle voulait se promener parmi ces fleurs lumineuses
hogyan akart vándorolni a fényes virágok között
Comme ces fontaines avaient l'air cool et rafraîchissantes
Milyen klasszul frissítőnek tűntek ezek a szökőkutak
Mais elle ne pouvait même pas passer la tête par la porte
De még a fejét sem tudta bedugni az ajtón
— Oh ! dit Alice d'un ton lugubre
- Ó - mondta Alice gyászosan
comme je voudrais pouvoir me plier comme un télescope !
"Mennyire szeretném, ha összecsukhatnám, mint egy
távcsövet!"
« Je pense que je pourrais me plier comme un télescope »
"Azt hiszem, össze tudnék csukódni, mint egy távcső"
« Si seulement je savais par où commencer »
"bárcsak tudnám, hogyan kezdjem el"
Alice retourna à la table
Alice visszament az asztalhoz
Il y avait la chance de trouver une autre clé
Esély volt egy másik kulcs megtalálására
Ou il pourrait y avoir un livre de règles

vagy lehet egy szabálykönyv
Le livre pourrait lui apprendre à se plier comme un télescope
A könyv megmondhatta neki, hogyan kell összecsukni, mint
egy távcsövet
Cette fois, elle trouva une petite bouteille
Ezúttal talált egy kis üveget
**« cette bouteille n'était certainement pas là auparavant, » dit
Alice**
- Ez a palack biztosan nem volt itt korábban - mondta Alice
**et autour du goulot de la bouteille était attachée une
étiquette en papier**
és a palack nyakába kötve papírcímke volt
**L'étiquette était magnifiquement imprimée en grandes
lettres**
A címkét gyönyörűen, nagy betűkkel nyomtatták
« BOIS-MOI »
"Igyál MEG"
« Non, je vais regarder d'abord », a-t-elle dit
- Nem, először megnézem - mondta
**« Je vais voir si la bouteille est marquée comme toxique ou
non, »**
"Megnézem, hogy a palack mérgező-e vagy sem"
Parce qu'elle n'a jamais oublié la leçon sur le poison
Mert soha nem felejtette el a méregről szóló leckét
**« Si une bouteille est étiquetée comme toxique, elle est
forcément en désaccord avec vous »**
"Ha egy palackot mérgezőnek címkéznek, akkor biztosan nem
ért egyet veled"
**Cependant, cette bouteille n'a pas été marquée comme
toxique**
Ezt a palackot azonban nem jelölték mérgezőnek
alors Alice se hasarda à goûter le contenu de la bouteille
így Alice megkóstolta a palack tartalmát
Elle trouva le liquide tout à fait à son goût
A folyadékot nagyon tetszettnek találta
La boisson avait une sorte de saveur mélangée
Az italnak egyfajta vegyes íze volt

tarte aux cerises, crème pâtissière et ananas
cseresznye-torta, puding és ananász
Rôtir la dinde, le caramel et le pain grillé au beurre chaud
sült pulyka, karamella és pirítós forró vajjal
et elle finit bientôt la bouteille
és hamarosan befejezte az üveget
« Quelle curieuse sensation ! » dit Alice
"Milyen furcsa érzés!" - mondta Alice
« Je me plie comme un télescope ! »
"Összecsukom, mint egy távcsövet!"
Et elle se repliait comme un télescope !
És valóban összecsukódott, mint egy távcső!
Elle n'avait plus que dix pouces de haut
Most már csak tíz hüvelyk magas volt
et son visage s'éclaira à ses pensées
és az arca felderült a gondolataira
Maintenant, elle était de la bonne taille pour la petite porte
Most már megfelelő méretű volt a kis ajtóhoz
Maintenant, elle pouvait aller dans ce joli jardin
Most már bemehetett abba a szép kertbe
Bientôt, elle a cessé de devenir plus petite
Hamarosan abbahagyta a kisebbséget
Elle décida d'aller tout de suite dans le jardin
Úgy döntött, hogy azonnal bemegy a kertbe
mais, hélas pour la pauvre Alice !
de jaj szegény Alice-nek!
Elle arriva à la porte
Az ajtóhoz ért
Mais elle avait oublié la petite clé d'or
De elfelejtette a kis aranykulcsot
Elle retourna à la table pour prendre la clé
Visszament az asztalhoz a kulcsért
Mais elle s'aperçut qu'elle ne pouvait pas atteindre assez haut
De rájött, hogy nem tud elég magasra jutni
Elle pouvait voir la clé très distinctement à travers la vitre
Tisztán látta a kulcsot az üvegen keresztül

Elle essaya de grimper sur les pieds de la table
Megpróbált felmászni az asztal lábaira
Mais le verre était beaucoup trop glissant
De az üveg túl csúszós volt
Finalement, elle s'est fatiguée à essayer
Végül kifárasztotta magát a próbálkozással
et la pauvre petite fille s'assit et pleura
És a szegény kislány leült és sírt
Alice se parlait à elle-même assez vivement
Alice meglehetősen élesen beszélt magában
« Allons, ça ne sert à rien de pleurer comme ça ! »
"Gyere, nincs értelme így sírni!"
« Je vous conseille d'arrêter tout de suite ! »
"Azt tanácsolom, hogy ebben a percben hagyja abba!"
Elle se donnait généralement de très bons conseils
Általában nagyon jó tanácsokat adott magának
bien qu'elle suivît très rarement ses propres conseils
bár nagyon ritkán követte a saját tanácsát
Et elle était parfois trop dure envers elle-même
és néha túl kemény volt önmagával szemben
et ses paroles lui firent monter les larmes aux yeux
és szavai könnyeket csaltak a szemébe
Bientôt, son regard tomba sur une petite boîte en verre
Hamarosan egy kis üvegdobozra esett a szeme
La petite boîte de verre était posée sous la table
A kis üvegdoboz az asztal alatt feküdt
Dans la boîte en verre se trouvait un tout petit gâteau
Az üvegdobozban egy nagyon kicsi sütemény volt
Sur le gâteau, quelques mots étaient magnifiquement écrits
A tortán néhány szó gyönyörűen volt írva
les mots avaient été marqués dans des groseilles
A szavakat ribizliben jelölték
« MANGE-MOI »
"EGYÉL MEG"
« Eh bien, je vais manger le gâteau », dit Alice
- Nos, megeszem a tortát - mondta Alice
« et si le gâteau me fait grossir, je peux atteindre la clé »

"és ha a tortától nagyobb leszek, elérhetem a kulcsot"
« et si le gâteau me fait rapetisser, je peux me glisser sous la porte »
"és ha a tortától kisebb leszek, bekúszhatok az ajtó alá"
« Donc, de toute façon, j'irai dans le jardin »
"szóval akárhogy is, bejutok a kertbe"
« Et peu m'importe lequel des deux arrive ! »
"és nem érdekel, hogy a kettő közül melyik történik!"
Elle a mangé un peu du gâteau
Megevett egy keveset a tortából
et elle se parla anxieusement à elle-même :
és aggódva szólt magában:
« Dans quel sens ? Dans quel sens ?
"Merre? Merre?"
et elle posa la main sur sa tête
és a fejét tartotta a fején
Elle voulait sentir de quelle façon elle grandissait
Érezni akarta, merre fejlődik
Elle fut très surprise de découvrir ce qui s'était passé
Nagyon meglepődött, amikor megtudta, mi történt
Elle était restée de la même taille !
Ugyanakkora maradt!
Cette fois, elle redoubla donc d'efforts
Tehát ezúttal megduplázta erőfeszítéseit
Et bientôt, elle termina tout le gâteau
És hamarosan befejezte az egész tortát

La mare de larmes
A könnyek medencéje

« Cela devient de plus en plus intéressant ! » s'écria Alice

"Ez egyre érdekesebbé válik!" - kiáltotta Alice

Vous pouvez voir qu'elle était très surprise

Láthatja, hogy nagyon meglepődött

« Je m'ouvre comme le plus grand télescope qui ait jamais existé ! »

"Úgy nyitok, mint a valaha volt legnagyobb távcső!"

« Au revoir, les pieds ! Oh, mes pauvres petits pieds"

"Viszlát, lábak! Ó, szegény kis lábam"

« Je me demande qui va vous mettre vos chaussures maintenant, mes chères ? »

- Kíváncsi vagyok, ki fogja most felvenni neked a cipődet, kedveseim?

et je me demande qui mettra vos bas ?

- és kíváncsi vagyok, ki fogja felvenni a harisnyádat?

« Je serai beaucoup trop loin »

"Túl messze leszek"

« Je ne pourrai plus me soucier de toi »

"Nem fogok tudni többé bajlódni veled"

Juste à ce moment, sa tête heurta quelque chose

Ebben a pillanatban a feje valaminek ütközött

Elle avait atteint le toit de la salle

elérte a terem tetejét

En fait, elle mesurait maintenant plus de deux mètres

Valójában most már több mint két méter magas volt

et elle prit aussitôt la petite clef d'or

És azonnal felvette a kis aranykulcsot

et elle se précipita vers la porte du jardin

és elsietett a kertajtóhoz

Pauvre Alice ! Il n'y avait pas grand-chose qu'elle pouvait faire

Szegény Alice! Nem sokat tehetett

Elle s'allongea sur le côté

Az egyik oldalra feküdt

et elle regarda d'un œil dans le jardin

És fél szemmel kinézett a kertbe
Mais s'en sortir était plus désespéré que jamais
De az átjutás reménytelenebb volt, mint valaha
Elle s'est assise et a recommencé à pleurer
Leült, és újra sírni kezdett
Elle a continué à verser des litres de larmes
Folytatta a könnyek gallonjait
Bientôt, il y eut une grande flaque tout autour d'elle
Hamarosan egy nagy medence volt körülötte
et l'eau atteignait la moitié du couloir
és a víz elérte a terem felét
Au bout d'un moment, elle entendit un petit claquement de pieds
Egy idő után hallotta a lábak kis pattogását
Elle entendit les pas venir de loin
Hallotta a lábát a távolból
et elle s'essuya vivement les yeux pour voir ce qui allait arriver
és sietve megszárította a szemét, hogy lássa, mi jön
C'était le retour du Lapin Blanc
A Fehér Nyúl visszatért
Il était magnifiquement vêtu
Pompásan volt öltözve
Il avait une paire de gants blancs dans une main
Egy pár fehér kesztyű volt az egyik kezében
et il avait un grand éventail de plumes dans l'autre main
És volt egy nagy tolllegyezője a másik kezében
Il arriva en trottinant en toute hâte
Nagy sietve ügetve jött
et il murmura en lui-même : « Oh ! la duchesse, la duchesse !
és azt motyogta magában: "Ó! a hercegnő, a hercegnő!"
« Ah ! ne serait-elle pas sauvage si je l'ai fait attendre !
"Óh! nem lesz vad, ha várakoztattam!"

Quand le Lapin s'approcha d'elle, Alice prit la parole
Amikor a Nyúl a közelébe ért, Alice megszólalt
Mais elle parlait d'une voix basse et timide
De halk, félénk hangon beszélt
« Monsieur, s'il vous plaît, arrêtez ce que vous faites un instant »
"Uram, kérem, hagyja abba egy pillanatra, amit csinál"
Le Lapin sursauta violemment
A Nyúl hevesen megijedt
Il laissa tomber les gants blancs et l'éventail de plumes
Ledobta a fehér kesztyűt és a tolllegyezőt
et il s'enfuit dans les ténèbres aussi vite qu'il le put
és elsurrant a sötétségbe, amilyen gyorsan csak tudott
Alice ramassa l'éventail en plumes et les gants
Alice felvette a tollventilátort és a kesztyűt
Et elle n'arrêtait pas de s'éventer tout en parlant
És folyamatosan legyezgette magát, miközben tovább beszélt
« Cher, cher ! Comme tout est étrange aujourd'hui !
"Kedves, kedves! Milyen furcsa ma minden!"
« Hier, les choses se sont passées comme d'habitude »

"Tegnap a dolgok a szokásos módon mentek tovább"
« Étais-je le même quand je me suis levé ce matin ? »
"Ugyanaz voltam, amikor ma reggel felkeltem?"
« Mais si je ne suis pas le même, il y a une autre question »
"De ha nem vagyok ugyanaz, van egy másik kérdés"
« Qui suis-je ? »
"Ki vagyok én a világon?"
« Ah, c'est le grand casse-tête ! »
"Ah, ez a nagy rejtvény!"
En disant cela, elle baissa les yeux sur ses mains
Miközben ezt mondta, lenézett a kezére
Elle portait l'un des petits gants blancs du lapin
Az egyik nyúl kis fehér kesztyűt viselt
Elle n'avait pas remarqué qu'elle avait mis le gant en parlant
Nem vette észre, hogy beszélgetés közben felvette a kesztyűt
« Comment ai-je pu faire cela ? » a-t-elle pensé
"Hogyan tehettem ezt?" - gondolta
« Je dois redevenir petit »
"Újra kicsinek kell lennem"
Elle se leva et s'approcha de la table pour mesurer sa taille
Felkelt és az asztalhoz ment, hogy megmérje a magasságát
Elle a découvert qu'elle mesurait maintenant environ un demi-mètre
Megállapította, hogy most körülbelül fél méter magas
et elle rétrécissait encore rapidement
és még mindig gyorsan zsugorodott
Elle découvrit rapidement quelle était la cause de ce rétrécissement
Hamarosan rájött, mi a zsugorodás oka
L'éventail de plumes la rendait encore plus petite !
A tolllegyező ismét kisebbé tette!
et elle laissa tomber l'éventail de plumes à la hâte
És sietve eldobta a tollventilátort
Elle laissa tomber l'éventail de plumes juste à temps pour se sauver
Éppen időben ejtette el a tollventilátort, hogy megmentse magát

Si elle s'était éventée plus longtemps, elle se serait complètement retirée

Ha tovább legyezte volna magát, teljesen összezsugorodott volna

« C'était une échappatoire de justesse ! » dit Alice

"Ez egy szűk menekülés volt!" - mondta Alice

et elle fut bien effrayée de ce changement soudain

és nagyon megijedt a hirtelen változástól

mais elle était très heureuse de se trouver encore en existence

De nagyon örült, hogy még mindig létezik

« Et maintenant, en route pour le jardin ! »

- És most irány a kert!

Et elle courut à toute vitesse vers la petite porte

És teljes sebességgel visszaszaladt a kis ajtóhoz

Mais, hélas ! La petite porte fut refermée

De sajnos! A kis ajtó ismét becsukódott

et la petite clé d'or était de nouveau posée sur la table de verre

És a kis aranykulcs ismét az üvegasztalon hevert

« Les choses sont pires que jamais », pensa le pauvre enfant

"A dolgok rosszabbak, mint valaha" - gondolta a szegény gyermek

« Je n'ai jamais été aussi petit que ça auparavant, jamais ! »

"Soha nem voltam ilyen kicsi, mint ez, soha!"

En prononçant ces mots, son pied glissa

Ahogy ezeket a szavakat mondta, a lába megcsúszott

et un instant plus tard, il y eut une grande éclaboussure !

És egy másik pillanatban nagy csobbanás volt!

Elle était dans l'eau salée jusqu'au menton

állig ért a sós vízben

Sa première idée fut qu'elle était tombée d'une manière ou d'une autre dans la mer

Az első ötlete az volt, hogy valahogy beleesett a tengerbe

Cependant, elle s'est vite rendu compte dans quoi elle se trouvait

Azonban hamarosan rájött, hogy miben van

Elle était dans une mare de larmes
Könnyek medencéjében volt
les larmes qu'elle avait versées quand elle avait deux mètres de haut
a könnyek, amelyeket két méter magas korában sírt

Juste à ce moment-là, elle entendit quelque chose
Ekkor hallott valamit
Quelque chose barbotait dans la mare
Valami fröccsent a medencében
Les éclaboussures venaient d'un peu de loin
A fröccsenés egy kicsit messziről jött
et elle nagea plus près pour voir ce que c'était que les éclaboussures
és közelebb úszott, hogy megnézze, mi a csobbanás
Elle vit bientôt que ce n'était qu'une petite souris
Hamarosan látta, hogy ez csak egy kis egér
La petite souris s'était également glissée dans l'eau
A kisegér is becsúszott a vízbe
Alice réfléchit à la situation
Alice gondolta magában a helyzetet
« Serait-il utile de parler à cette souris ? »
- Hasznos lenne beszélni ezzel az egérrel?
« Tout est tellement à l'envers ici »

"Itt minden olyan fejjel lefelé van"
« Je pense que c'est très probable que cette souris peut parler »
"Nagyon valószínűnek kellene tartanom, hogy ez az egér tud beszélni"
« En tout cas, il n'y a pas de mal à essayer »
"Mindenesetre nem árt megpróbálni"
Alors elle a commencé à essayer de parler à la souris
Így hát megpróbált beszélni az egérrel
« Oh Souris, sais-tu comment sortir de cette mare ? »
- Ó, egér, tudod a kiutat ebből a medencéből?
« Je suis bien fatigué de nager ici, ô souris ! »
- Nagyon belefáradtam az úszásba, ó, egér!
La souris la regarda d'un air assez inquisiteur
Az egér meglehetősen kíváncsian nézett rá
La souris semblait cligner de l'œil avec l'un de ses petits yeux
Az egér mintha kacsintott volna az egyik kis szemével
Mais la petite souris ne dit rien
De a kisegér nem szólt semmit
« Peut-être la souris ne comprend-elle pas l'anglais », pensa Alice
"Talán az egér nem ért angolul" - gondolta Alice
« J'ose dis-le que c'est une souris française »
"Merem állítani, hogy ez egy francia egér"
« peut-être que cette souris est venue avec Guillaume le Conquérant »
"talán ez az egér jött át Hódító Vilmossal"
Alors elle a recommencé, en français
Így hát újra elkezdte, franciául
« Où est mon chat ? » a-t-elle demandé en français
"Hol van a macskám?" – kérdezte franciául
c'était la première phrase de son livre de leçons de français
ez volt francia leckekönyvének első mondata
La souris fit un saut soudain hors de l'eau
Az Egér hirtelen kiugrott a vízből
et la souris semblait frémir de frayeur

és úgy tűnt, hogy az egér reszket az ijedtségtől
— Oh ! je vous demande pardon ! s'écria vivement Alice
- Ó, bocsánatot kérek! - kiáltotta Alice sietve
Elle craignait d'avoir blessé les sentiments du pauvre animal
Attól félt, hogy megsértette a szegény állat érzéseit
« J'oubliais que tu n'aimais pas les chats »
"Teljesen elfelejtettem, hogy nem szereted a macskákat"
« Je n'aime pas les chats ! » cria la Souris d'une voix aiguë et passionnée
"Nem szeretem a macskákat!" kiáltotta az Egér reszkető, szenvedélyes hangon
« Voudrais-tu des chats, si tu étais moi ? »
- Szeretnél macskákat, ha én lennél?
Alice réconforta la souris d'un ton apaisant
Alice megnyugtató hangon vigasztalta az egeret
« Eh bien, peut-être que je n'aimerais pas non plus les chats si j'étais vous »
- Nos, talán én sem szeretnék macskákat, ha te lennék.
« S'il vous plaît, ne soyez pas en colère à propos de la mention des chats »
"Kérlek, ne haragudj a macskák említése miatt"
« Et pourtant, j'aimerais pouvoir te montrer notre chat Dinah »
"És mégis azt kívánom, bárcsak megmutathatnám neked a macskánkat, Dinah-t"
« Si vous la rencontriez, je pense que vous prendriez goût aux chats »
"Ha találkoznál vele, azt hiszem, kedvet kapnál a macskákhoz"
« Si seulement vous pouviez la voir »
"Bárcsak láthatnád"
« Elle est une chose si chère et si calme »
"Olyan kedves, csendes dolog"
La souris tremblait de partout
Az egér egész testében remegett
Alice était certaine que la souris devait être vraiment offensée

Alice biztos volt benne, hogy az egér biztosan megsértődött
« On ne parlera plus d'elle, si tu préfères ne pas le faire »
"Nem beszélünk róla többet, ha inkább nem"
« Nous, en effet ! » s'écria la Souris
"Mi, valóban!" kiáltotta az Egér
La souris tremblait jusqu'au bout de sa queue
Az egér a farka végéig remegett
« Comme si je voulais parler d'un tel sujet ! »
- Mintha ilyen témáról beszélnék!
« Notre famille a toujours détesté les chats »
"A családunk mindig utálta a macskákat"
"Les chats ; des choses méchantes, basses, vulgaires !
"macskák; Csúnya, alacsony, vulgáris dolgok!"
« Ne me laissez plus entendre le nom ! »
"Ne engedd, hogy újra halljam a nevet!"
— Je ne parlerai plus des chats, en effet, dit Alice
"Nem említem többé a macskákat!" - mondta Alice
Elle était très pressée de changer de sujet
Nagyon sietett megváltoztatni a témát
"Êtes-vous... Aimez-vous les chiens ?
"Te vagy... Szereted a kutyákat?"
« Il y a un petit chien si gentil près de notre maison, »
"Van egy ilyen kedves kis kutya a házunk közelében,"
« Je voudrais te montrer le petit chien ! »
- Szeretném megmutatni neked a kis kutyát!
"Ce petit chien tue tous les rats et...
"Ez a kis kutya megöli az összes patkányt és...
« Oh ! mon Dieu ! » s'écria Alice d'un ton triste
- Ó, drágám! - kiáltotta Alice szomorú hangon
« J'ai peur de t'avoir encore offensé ! »
- Attól tartok, megint megbántottalak!
La souris nageait loin d'elle aussi vite qu'elle le pouvait
Az egér olyan gyorsan úszott el tőle, ahogy csak tudott
et la souris fit tout un vacarme dans la mare
És az egér elég nagy felfordulást okozott a medencében
Alors elle appela doucement la souris
Így halkan hívta az egeret

« Ma chère souris, s'il vous plaît, revenez ! »
"Kedves egerem, kérlek, gyere vissza!"
« Et nous ne parlerons pas des chats »
"És nem fogunk beszélni a macskákról"
« Et nous n'avons pas non plus besoin de parler des chiens »
"És a kutyákról sem kell beszélnünk"
Quand la souris entendit cela, elle se retourna
Amikor az egér ezt meghallotta, megfordult
et la petite souris nagea lentement vers elle
És a kis egér lassan visszaúszott hozzá
Le visage de la souris était assez pâle
Az egér arca egészen sápadt volt
et la souris parla d'une voix basse et tremblante
és az egér halk, remegő hangon beszélt
« Allons à la rive »
"Menjünk a partra"
« et ensuite je vous raconterai mon histoire »
"és akkor elmondom neked a történetemet"
« et vous comprendrez pourquoi c'est moi qui déteste les chats et les chiens »
"és meg fogod érteni, miért utálom a macskákat és a kutyákat"
Il était grand temps de partir
Legfőbb ideje volt menni
parce que la piscine devenait assez bondée
mert a medence meglehetősen zsúfolt volt
D'autres oiseaux et animaux étaient tombés dans la mare
Más madarak és állatok beleestek a medencébe
il y avait un Canard et un Dodo
volt egy kacsa és egy dodó
et il y avait un oiseau Lory et un aiglon
és volt egy Lory madár és egy Eaglet
et il y avait plusieurs autres créatures intéressantes
És számos más érdekes kinézetű lény is volt
Alice a ouvert la voie à la sortie de la piscine
Alice vezette a kiutat a medencéből
et toute la troupe des animaux nagea jusqu'au rivage
és az állatok egész csoportja úszott a partra

Une course de caucus et une longue traîne
Egy caucus verseny és egy hosszú farok

C'était en effet une bande d'animaux à l'allure amusante
Valóban vicces kinézetű állatcsapat voltak
et ils se rassemblèrent tous sur le bord de l'eau
és mindannyian összegyűltek a víz partján
Les oiseaux avaient tous des plumes débraillées
A madaraknak mind kócos tollai voltak
et les animaux à fourrure étaient trempés
és a szőrös állatokat átitatták
et tous étaient trempés, agacés et mal à l'aise
és mindegyik nedvesen, bosszúsan és kényelmetlenül
csöpögött

Il y avait une question à laquelle il fallait répondre en premier
Volt egy kérdés, amit először meg kellett válaszolni
Quelle est la meilleure façon pour tout le monde de se sécher ?
Mi a legjobb módja annak, hogy mindenki kiszáradjon?
Ils ont tenu une consultation à ce sujet
Konzultáltak erről az ügyről
Bientôt, ils furent tous en bons termes
Hamarosan mindannyian ismerős viszonyban voltak

C'était comme si elle les avait connus toute sa vie
Olyan volt, mintha egész életében ismerte volna őket
La souris semblait être une personne d'une certaine autorité
Az egér valamilyen tekintélyes személynek tűnt
« Asseyez-vous, vous tous, et écoutez-moi ! »
"Üljetek le mindannyian, és hallgassatok rám!
« Je vais bientôt vous faire sécher à nouveau ! »
"Hamarosan újra szárazzá teszlek benneteket!"
Ils s'assirent tous en même temps, dans un grand cercle
Mindannyian egyszerre ültek le, egy nagy gyűrűben
et la petite souris s'assit au milieu
És a kis egér középen ült
« Hum ! » dit la souris d'un air important
"Ahem!" - mondta az egér fontos levegővel
« Êtes-vous tous prêts ? »
- Készen álltok?
« C'est la chose la plus sèche que je connaisse »
"Ez a legszárazabb dolog, amit tudok"
« Silence tout autour, s'il vous plaît ! »
"Csend körös-körül, ha tetszik!"
« Guillaume le Conquérant était favorisé par le pape »
"Hódító Vilmosnak kedvezett a pápa"
« mais il fut bientôt soumis par les Anglais »
"de hamarosan behódoltak neki az angolok"
« Ils voulaient des leaders ces derniers temps »
"Kései vezetőket akartak"
« et ils avaient été habitués au pouvoir et à la conquête »
"és hozzászoktak a hatalomhoz és a hódításhoz"
« Edwin et Morcar, les comtes de Mercie et de Northumbrie »
"Edwin és Morcar, Mercia és Northumbria grófjai"
« Pouah ! » dit l'oiseau lori, avec un frisson
"Ugh!" - mondta a lori madár reszketve
« et même Stigand, l'archevêque patriote de Cantorbéry »
"és még Stigand, Canterbury hazafias érseke is"
« Il l'a également trouvé opportun »
"Ő is tanácsosnak találta"

« Qu'a-t-il trouvé à propos ? » dit le canard

"Mit talált tanácsosnak?" - kérdezte a kacsa

— Il l'a trouvé opportun, répondit la souris d'un ton un peu contrarié

- Tanácsosnak találta - felelte az egér meglehetősen keresztbe téve

Mais le canard n'était pas satisfait

De a kacsa nem volt elégedett

« Bien sûr, vous savez ce que 'it' signifie »

"Természetesen tudod, mit jelent az »ez«"

« Je sais ce que c'est quand je trouve quelque chose », dit le canard

- Tudom, mi az, amikor találok valamit - mondta a kacsa

« C'est généralement une grenouille ou un ver »

"Általában béka vagy féreg"

« La question est de savoir ce que l'archevêque a trouvé ?

"A kérdés az, hogy mit talált az érsek?"

La souris n'a pas remarqué cette question

Az egér nem vette észre ezt a kérdést

Au lieu de cela, la souris continua précipitamment son discours

Ehelyett az egér sietve folytatta a beszédet

« il a jugé opportun d'aller avec Edgar Atheling »

"tanácsosnak találta, hogy Edgar Athelinggel menjen"

« pour rencontrer Guillaume et lui offrir la couronne »

"találkozni Vilmossal és felajánlani neki a koronát"

la souris continua, se tournant vers Alice pendant qu'elle parlait

az egér folytatta, és Alice-hez fordult, miközben beszélt

« Comment allez-vous maintenant, ma chère ? »

- Hogy állsz most, kedvesem?

– Aussi mouillée que jamais, dit Alice d'un ton mélancolique

- Olyan nedves, mint mindig - mondta Alice melankolikus hangon

« Cette histoire n'a pas l'air de me tarir du tout »

"Úgy tűnik, ez a történet egyáltalán nem szárít meg"

— Dans ce cas, dit solennellement le dodo en se levant
- Ebben az esetben - mondta ünnepélyesen a dodó, talpra állva
« Je vote pour l'ajournement de la séance »
"Az ülés elnapolására szavazok"
« et je propose l'adoption immédiate de remèdes plus énergiques »
"és javaslom az energikusabb jogorvoslatok azonnali elfogadását"
« Dis des paroles vraies ! » dit l'aiglon
"Beszélj igazi szavakat!" - mondta a sas
« Je ne connais pas le sens de la moitié de ces longs mots »
"Nem tudom, mit jelent ezeknek a hosszú szavaknak a fele"
et, qui plus est, je ne crois pas que vous le sachiez non plus !
- És mi több, azt hiszem, te sem tudod!
— Ce que j'allais dire, dit le dodo d'un ton offensé
- Mit akartam mondani - mondta a dodó sértett hangon
« La meilleure chose à faire pour nous sécher serait une course au caucus »
"A legjobb dolog, hogy szárazra kerüljünk, egy kaukuszi verseny lenne"
« Qu'est-ce qu'une course de caucus ? » demanda Alice
"Mi az a caucus-race?" - kérdezte Alice

« Eh bien, » dit le dodo, « la meilleure façon de l'expliquer,
c'est de le faire »
- Nos - mondta a dodó -, a legjobb módja annak, hogy
megmagyarázzuk, ha megtesszük.
« D'abord, le dodo a tracé un parcours »
"Először a dodó jelölt ki egy versenypályát"
« La piste était dans une sorte de cercle »
"A pálya egyfajta körben volt"
« Et puis tout le groupe a été placé le long du parcours »
"És akkor az egész párt a pálya mentén helyezkedett el"
Il n'y avait pas de « Un, deux, trois et c'est parti ! »
Nem volt "Egy, kettő, három és el!"
Mais ils ont commencé à courir quand ils voulaient
De akkor kezdtek el futni, amikor kedvük volt
et ils finissaient aussi quand ils le voulaient
És akkor is befejezték, amikor tetszett nekik
Il n'était donc pas facile de savoir quand la course était
terminée
Így nem volt könnyű tudni, mikor ért véget a verseny
Après environ une demi-heure de course, ils étaient tous
assez secs
Körülbelül fél óra futás után mind elég szárazak voltak
le dodo s'écria soudain : « La course est finie ! »
a dodó hirtelen felkiáltott: "A versenynek vége!"
Et ils se pressèrent tous autour du Dodo
és mindannyian a dodó körül tolongtak
Tous les animaux haletaient et soufflaient
Az összes állat lihegett és puffadt
et tous voulaient savoir : « Mais qui a gagné ? »
és mindannyian tudni akarták, "De ki győzött?"
Le dodo ne pouvait pas répondre immédiatement à cette
question
Erre a kérdésre a dodó nem tudott azonnal válaszolni
D'abord, il a dû beaucoup réfléchir
Először sokat kellett gondolkodnia
Après mûre réflexion, le dodo finit par parler
Hosszas gondolkodás után a dodó végre megszólalt

« Tout le monde a gagné, et tous doivent avoir des prix »
"Mindenki nyert, és mindenkinek díjat kell kapnia"
« Mais qui doit donner les prix ? » demanda un chœur de voix
"De ki adja át a díjakat?" – kérdezte a hangok kórusa
— Eh bien, elle, bien sûr, dit le dodo
- Hát persze, hogy ő - mondta a dodó
et le dodo pointa d'un doigt vers Alice
és a dodó egy ujjal Alice-re mutatott
et toute la troupe des animaux se pressait autour d'elle
és az állatok egész társasága körülötte tolongott
ils ont crié, d'une manière confuse : « Des prix ! Des prix !
zavartan kiáltották: "Díjak! Díjak!"
Alice n'avait aucune idée de ce qu'elle devait faire
Alice-nek fogalma sem volt, mit tegyen
Désespérée, elle mit la main dans sa poche
Kétségbeesésében zsebre dugta a kezét
Et elle en sortit une boîte de bonbons
És elővett egy doboz édességet
Heureusement, l'eau salée n'était pas entrée dans la boîte
Szerencsére a sós víz nem került a dobozba
et elle a distribué les bonbons comme prix
és az édességeket nyereményként adta át
Il y avait exactement une pièce pour tout le monde
Pontosan egy darab volt mindenkinek
La prochaine chose qu'ils devaient faire était de manger les bonbons
A következő dolog, amit meg kellett tenniük, az volt, hogy megették az édességeket
Cela a causé du bruit et de la confusion
Ez némi zajt és zavart okozott
Les grands oiseaux se plaignaient de ne pas pouvoir goûter leurs bonbons
A nagy madarak panaszkodtak, hogy nem tudják megkóstolni édességeiket
Les petits s'étouffaient et devaient être tapotés dans le dos
A kicsik megfulladtak, és hátba kellett veregetni őket

Cependant, c'était enfin fini
Végre azonban vége volt
Et ils se rassirent en cercle
és újra leültek egy gyűrűben
et ils supplièrent la souris de leur dire quelque chose de plus
És könyörögtek az egérnek, hogy mondjon nekik még valamit
— Vous m'avez promis de me raconter votre histoire, vous savez, dit Alice
- Megígérted, hogy elmondod nekem a történetedet, tudod - mondta Alice
et elle fit une autre petite remarque sur les chats à voix basse
És suttogva tett még egy kis megjegyzést a macskákról
Elle ne voulait pas offenser à nouveau la souris
Nem akarta újra megsérteni az egeret
la petite souris se tourna vers Alice et soupira
a kis egér Alice-hez fordult, és felsóhajtott
« Ma conte est long et triste ! »
"Az enyém hosszú és szomorú mese!"
— C'est une longue queue, certainement, dit Alice
- Ez egy hosszú farok, természetesen - mondta Alice
et elle baissa les yeux avec étonnement sur la queue de la souris
és csodálkozva nézett le az egér farkára
« Mais pourquoi appelez-vous cela une queue triste ? »
- De miért nevezed szomorú faroknak?
Et elle n'arrêtait pas de s'interroger à ce sujet pendant que la souris parlait
És tovább töprengett ezen, miközben az egér beszélt
de sorte que son idée de l'histoire était quelque chose comme ceci
úgy, hogy a mese ötlete valami ilyesmi volt

                "Fury said to
                  a mouse, That
                    he met in the
                      house, 'Let
                        us both go
                          to law: *I*
                          will prosecute
                          you.—
                            Come, I'll
                          take no denial:
                            We must have
                        the trial;
                      For really
                    this morning
                  I've
                  nothing
                to do.'
                    Said the
                      mouse to
                        the cur,
                          'Such a
                            trial, dear
                              sir, With
                                no jury
                                  or judge,
                                  would
                                  be wasting
                                our
                              breath.'
                        'I'll be
                      judge,
                    I'll be
                  jury,'
                said
                cunning
                  old
                    Fury;
                    'I'll
                      try
                        the
                          whole
                            cause,
                            and
                            condemn
                          you to
                death.'"

Fury dit à une souris : Qu'il s'est rencontré dans la maison.

Fury azt mondta egy egérnek: Hogy találkozott a házban"

Allons tous les deux en justice, je vous poursuivrai

Forduljunk mindketten a törvényhez: vádat emelek ellened

Allons, je n'accepterai aucun démenti : il faut que nous fassions l'épreuve

Gyere, nem tagadom: meg kell tartanunk a tárgyalást

Car vraiment ce matin je n'ai rien à faire

Mert ma reggel tényleg nincs mit tennem

Dit la souris au maudit ;

- mondta az egér a curnak;
**Un tel procès, cher monsieur, sans jury ni juge, nous ferait
perdre notre souffle**
Egy ilyen tárgyalás, kedves uram, esküdtszék és bíró nélkül,
lélegzetvisszafojtást jelentene
« Je serai juge, je serai jury », dit le vieux rusé Fury
"Bíró leszek, esküdtszék" – mondta a ravasz öreg Fury
Je vais juger toute la cause, et je vous condamnerai à mort
Megpróbálom az egész ügyet, és halálra ítéllek
la souris parla sévèrement à Alice
az egér komolyan beszélt Alice-hez
« Tu ne fais pas attention ! »
"Nem figyelsz!"
« À quoi pensez-vous ? »
- Mire gondolsz?
— Je vous demande pardon, dit Alice très humblement
- Bocsánatot kérek - mondta Alice nagyon alázatosan
« Tu étais arrivé au cinquième virage, je crois ? »
- Azt hiszem, eljutottál az ötödik kanyarhoz?
« Vous m'insultez en disant de telles bêtises ! »
"Megsértesz azzal, hogy ilyen ostobaságokat beszélsz!"
Et la souris se leva et s'éloigna
és az egér felállt és elment
Alice appela la petite souris
Alice a kis egér után hívott
« S'il vous plaît, revenez et terminez votre histoire ! »
"Kérlek, gyere vissza, és fejezd be a történetedet!"
Et les autres se joignirent tous en chœur
És a többiek mind kórusban csatlakoztak
« Oui, s'il vous plaît, terminez votre histoire ! »
"Igen, kérlek, fejezd be a történetedet!"
Mais la souris se contenta de secouer la tête avec impatience
De az egér csak türelmetlenül rázta a fejét
et la petite souris marchait un peu plus vite
És a kis egér egy kicsit gyorsabban sétált
« Je voudrais bien avoir Dinah, notre chat, ici ! » dit Alice
"Bárcsak itt lenne Dinah, a macskánk!" – mondta Alice

Cela provoqua une sensation remarquable parmi le parti
Ez figyelemre méltó szenzációt okozott a párt körében
Quelques-uns des oiseaux se hâtèrent de s'éloigner
Néhány madár egyszerre sietett el
et un canari appela d'une voix tremblante ses enfants ;
és egy kanári remegő hangon kiáltott gyermekeihez;
« Allez-vous-en, mes chères ! »
- Gyertek el, kedveseim!
« Il est grand temps que vous soyez tous au lit ! »
"Itt az ideje, hogy mindannyian ágyban legyetek!"
Avec diverses excuses, ils sont tous partis
Különböző kifogásokkal mindannyian elmentek
et Alice se retrouva bientôt seule
és Alice hamarosan egyedül maradt
« J'aurais aimé ne pas avoir mentionné Dinah ! »
- Bárcsak ne említettem volna Dinah-t!
« Personne n'a l'air de l'aimer ici »
"Úgy tűnik, senki sem szereti őt itt lent"
« Mais je suis sûr que c'est la meilleure chatte du monde ! »
"De biztos vagyok benne, hogy ő a legjobb macska a világon!"
La pauvre Alice se remit à pleurer
Szegény Alice újra sírni kezdett
parce qu'elle se sentait très seule et déprimée
mert nagyon magányosnak és alacsony szelleműnek érezte
magát
**Au bout de peu de temps, cependant, elle entendit de
nouveau quelque chose**
Kis idő múlva azonban ismét hallott valamit
un petit bruit de pas au loin
egy kis léptekkel pattogva a távolban
et elle leva les yeux avec impatience
és mohón felnézett

Le lapin envoie le petit M. Bill
A nyúl beküldi a kis Bill urat

C'était le lapin blanc, qui revenait lentement au trot
A fehér nyúl volt, lassan ügetve vissza
Il regardait anxieusement autour de lui en chemin
Aggódva nézett körül, ahogy ment
Il avait l'air d'avoir perdu quelque chose
Úgy nézett ki, mintha elveszített volna valamit
Alice l'entendit marmonner pour lui-même
Alice hallotta, amint magában motyogja
— La duchesse ! La Duchesse ! Oh, mes chères pattes !
"A hercegnő! A hercegnő! Ó, kedves mancsaim!"
« Oh, ma fourrure et mes moustaches ! »
- Ó, a szőröm és a bajuszom!
« Elle va me faire exécuter, j'en suis sûr »
"Ki fog végezni, ebben biztos vagyok"
« Aussi sûr que les furets sont des furets ! »
"Éppoly biztos, mint a görények görények!"
« Où ai-je pu laisser tomber mes affaires, je me demande ? »
"Hol dobhattam le a dolgaimat, kíváncsi vagyok?"

Alice devina en un instant ce qu'il cherchait
Alice egy pillanat alatt kitalálta, mit keres
Il cherchait l'éventail de plumes
A tolllegyezőt kereste
et il cherchait la paire de gants blancs
És kereste a pár fehér kesztyűt
Elle se mit donc très gentiment à chercher les gants
Tehát nagyon jóindulatúan elkezdte keresni a kesztyűt
Et elle chercha aussi l'éventail de plumes
És kereste a tolllegyezőt is
Mais les gants et l'éventail de plumes étaient introuvables
De a kesztyűt és a tollventilátort sehol sem lehetett látni
Tout semblait avoir changé depuis sa baignade dans la piscine
Úgy tűnt, hogy minden megváltozott, mióta úszott a medencében
Rien n'était pareil depuis qu'elle était dans la grande salle
Semmi sem volt ugyanaz, mióta a nagyteremben volt
et la table de verre avait disparu
és az üvegasztal eltűnt
Et la petite porte n'était pas là non plus
És a kis ajtó sem volt ott
Très vite, le lapin remarqua Alice
Hamarosan a nyúl észrevette Alice-t
Il l'appela d'un ton furieux
Dühös hangon szólította meg
« Mary Ann, que fais-tu ici ? »
- Mary Ann, mit csinálsz itt?
« Rentre chez toi à l'instant même »
"Fuss haza ebben a pillanatban"
« Et apporte-moi une paire de gants et un éventail de plumes ! »
"És hozz nekem egy pár kesztyűt és egy tolllegyezőt!"
« Et faites vite ! »
"És légy gyors!"
Alice se parlait à elle-même en s'enfuyant
Alice megszólalt magában, miközben elszaladt

— Il a dû me prendre pour sa femme de chambre !
- Biztosan összetévesztett engem a szobalányával!
« Comme il sera surpris quand il découvrira qui je suis ! »
"Mennyire meg fog lepődni, amikor megtudja, ki vagyok!"
En disant cela, elle tomba sur une petite maison soignée
Miközben ezt mondta, egy takaros kis házra bukkant
Sur la porte de la maison se trouvait une plaque de laiton brillant
A ház ajtaján fényes sárgaréz lemez volt
« W. LAPIN »
"W. NYÚL"
Elle entra sans frapper à la porte
Bement anélkül, hogy kopogtatott volna az ajtón
et elle se hâta de monter l'escalier
és egyenesen az emeletre sietett
elle craignait de rencontrer la vraie Mary Ann
aggódott, hogy talán találkozik az igazi Mary Ann-nel
parce qu'alors elle serait chassée de la maison
mert akkor kifordítanák a házból
et elle ne pourrait pas trouver l'éventail de plumes et les gants
És nem találná meg a tollventilátort és a kesztyűt
Alice s'était frayé un chemin dans une petite pièce bien rangée
Alice megtalálta az utat egy rendezett kis szobába
Dans la pièce, il y avait une table près de la fenêtre
A szobában volt egy asztal az ablak mellett
et sur la table, il y avait un éventail de plumes
És az asztalon egy tollrajongó volt
et il y avait deux ou trois paires de petits gants blancs
és volt két-három pár apró fehér kesztyű
Elle ramassa l'éventail en plumes et une paire de gants
Felvette a tolllegyezőt és egy pár kesztyűt
et elle allait quitter la pièce
és éppen el akarta hagyni a szobát
mais alors ses yeux tombèrent sur une petite bouteille
De aztán a szeme egy kis üvegre esett

Elle déboucha la bouteille et la porta à ses lèvres
Kibontotta az üveget, és az ajkához tette
« J'espère que cela me fera redevenir grand »
"Remélem, hogy ettől újra nagyra nőök"
« J'en ai marre d'être une toute petite chose ! »
"Elegem van abból, hogy ilyen apró apróság vagyok!"
Alice avait à peine bu la moitié de la bouteille
Alice alig itta meg az üveg felét
Sa tête était déjà appuyée contre le plafond
A feje már a mennyezethez nyomódott
et elle dut se baisser
és le kellett hajolnia
pour sauver son cou d'être brisé
hogy megmentse a nyakát a töréstől
Elle posa précipitamment la bouteille
Sietve letette az üveget
« C'est bien assez »
"Ez elég"
« J'espère que je ne grandirai plus »
"Remélem, nem növök tovább"
Hélas! Il était trop tard pour souhaiter cela !
Sajnos! Túl késő volt ezt kívánni!
Elle n'a cessé de grandir
Egyre nőtt és nőtt
et très vite elle dut s'agenouiller sur le sol
És hamarosan le kellett térdelnie a padlóra
Et même alors, elle a continué à grandir
És még akkor is tovább nőtt
Comme dernière ressource, elle passa un bras par la fenêtre
Utolsó erőforrásként kinyújtotta az egyik karját az ablakon
et elle mit un pied dans la cheminée
és egyik lábát feltette a kéményre
« Maintenant, je ne peux plus faire, quoi qu'il arrive »
"Most már nem tehetek többet, bármi is történik"
« Que vais-je devenir ? »
"Mi lesz velem?"

Alice a eu un peu de chance
Alice-nek szerencséje volt
La petite bouteille magique avait fait son plein effet
A kis varázspalack teljes hatását érezte
et Alice ne grandit pas plus qu'elle n'était
és Alice nem nőtt nagyobbra, mint amilyen volt
Au bout de quelques minutes, elle entendit une voix à l'extérieur
Néhány perc múlva egy hangot hallott odakint
et elle s'arrêta pour écouter la voix
És megállt, hogy meghallgassa a hangot
« Mary Ann ! Mary Ann ! dit la voix
"Mary Ann! Mary Ann!" – mondta a hang
« Apporte-moi mes gants tout de suite ! »
"Hozd el nekem a kesztyűmet ebben a pillanatban!"
Puis vint un petit claquement de pieds dans l'escalier
Aztán jött egy kis lábdobogás a lépcsőn
Alice savait que c'était le lapin qui venait la chercher
Alice tudta, hogy a nyúl jön, hogy megkeresse őt
et elle trembla jusqu'à faire trembler la maison

és addig reszketett, amíg meg nem rázta a házat
elle oublia tout à fait quelles étaient ses proportions
Teljesen elfelejtette, hogy milyen arányok vannak
Elle était mille fois plus grosse que le lapin
Ezerszer akkora volt, mint a nyúl
et elle n'avait aucune raison d'avoir peur d'un lapin
És nem volt oka félni egy nyúltól
Bientôt le lapin s'approcha de la porte
Ekkor a nyúl odajött az ajtóhoz
et le petit lapin essaya d'ouvrir la porte
És a kis nyúl megpróbálta kinyitni az ajtót
La porte a commencé à s'ouvrir vers l'intérieur
Az ajtó befelé kezdett nyílni
mais le coude d'Alice était fortement appuyé contre la porte
de Alice könyökét erősen az ajtóhoz nyomta
Cette tentative s'est avérée un échec
Ez a kísérlet kudarcnak bizonyult
Alice entendit le lapin se parler à lui-même
Alice hallotta, hogy a nyúl magában beszél
« Ensuite, je vais faire le tour et entrer par la fenêtre »
"Akkor körbemegyek, és bejutok az ablakon"
« Que tu ne le feras pas ! » pensa Alice
"Hogy nem fogsz!" - gondolta Alice
Et elle attendit encore un peu
És megint várt egy kicsit;
Bientôt, elle entendit le lapin juste sous la fenêtre
Hamarosan meghallotta a nyulat az ablak alatt
Elle étendit soudain la main
Hirtelen széttárta a kezét
et elle fit une prise en l'air
És megragadta a levegőt
Elle n'a rien attrapé
Nem kapott semmit
mais elle entendit un petit cri et une chute
De hallott egy kis sikolyt és egy esést
et elle entendit un fracas de verre brisé
és hallotta a törött üveg csattanását

Peut-être le lapin était-il tombé
Talán a nyúl esett
Peut-être était-il dans une serre
Talán egy zöld házban volt
Puis vint une voix en colère ; La voix du lapin
Ezután egy dühös hang jött; a nyúl hangja
« Pat, où es-tu ? »
- Pat, hol vagy?
Et puis vint une voix qu'elle n'avait jamais entendue auparavant
Aztán jött egy hang, amit még soha nem hallott
« Votre honneur, je suis là ! »
- Becsületedre, itt vagyok!
« Je creuse pour trouver des pommes »
"Almát ások"
« Ici ! Venez m'aider à m'en sortir ! »
"Itt! Gyere és segíts nekem ebben!"
« Maintenant, dis-moi, Pat, qu'est-ce qu'il y a dans la fenêtre ? »
- Most mondd meg, Pat, mi van az ablakban?
« Bien sûr, Votre Honneur, je vais vous le dire »
"Persze, becsületedre, megmondom"
« C'est un bras qui est dans la fenêtre ! »
"Ez egy kar, ami az ablakban van!"
« Eh bien, un bras n'a rien à faire là-bas »
"Nos, egy karnak ott nincs dolga"
« Va et enlève le bras ! »
- Menj, és vedd el a karját!
Il y eut un long silence après cela
Ezután hosszú csend következett
et Alice n'entendait que des chuchotements de temps en temps
és Alice csak néha hallott suttogást
et enfin elle étendit de nouveau la main
és végül ismét kinyújtotta a kezét
et elle fit une autre arrachée dans les airs
És még egy fogást tett a levegőbe

Cette fois, il y eut deux petits cris
Ezúttal két kis sikoly hallatszott
et il y avait d'autres bruits de verre brisé
És több törött üveghang hallatszott
« Je me demande ce qu'ils vont faire ensuite ! » pensa Alice
"Kíváncsi vagyok, mit fognak csinálni legközelebb!" - gondolta Alice
« J'aimerais qu'ils me tirent par la fenêtre »
"Bárcsak kihúznának az ablakon"
Elle attendit un certain temps
Várt egy ideig
Mais pendant un moment, elle n'entendit plus rien
De egy ideig nem hallott többet
Enfin, il y eut un grondement de petites roues
Végre kis kerekek dübörgése hallatszott
et il y eut le son d'un bon nombre de voix
és jó sok hang hallatszott
Toutes les voix parlaient ensemble
Minden hang együtt beszélt
Elle pouvait distinguer certaines des paroles
Ki tudott találni néhány szót
« Où est l'autre échelle ? »
- Hol van a másik létra?
« Bill a l'autre échelle »
"Billé a másik létra"
« Bill, viens ici ! »
- Bill, gyere ide!
« Le toit va-t-il supporter le fardeau ? »
"A tető elbírja a terhet?"
« Qui veut descendre par la cheminée ? »
- Ki akar lemenni a kéményen?
— Non, je ne le ferai pas ! Vous le faites !
"Nem, nem fogom! Te csinálod!"
« Tiens, Bill ! »
- Itt, Bill!
« Le maître dit qu'il faut descendre par la cheminée ! »
- A mester azt mondja, hogy le kell menned a kéményen!

Alice descendit son pied aussi loin qu'elle le put dans la cheminée

Alice olyan messzire húzta a lábát a kéményen, amennyire csak tudta

Et puis elle attendit de voir ce qui allait arriver

Aztán várta, hogy lássa, mi jön

Elle entendit un petit animal gratter et se débattre

Hallotta, hogy egy kis állat kaparja és tülekedik

Le petit animal doit être dans la cheminée

a kis állatnak a kéményben kell lennie

Puis elle donna un coup de pied sec

Aztán adott egy éles rúgást

et elle attendit de voir ce qui allait se passer ensuite

És várta, hogy mi fog történni ezután

Elle entendit un chœur général de voix

Hangok általános kórusát hallotta

« Voilà Bill ! » dirent-ils tous

"Ott megy Bill!" - mondták mindannyian

Puis elle entendit la voix du lapin seule

Aztán egyedül hallotta a nyúl hangját

« Toi par la haie, attrape-le ! »

- Te a sövénynél, kapd el!

Il y eut un autre moment de silence

Újabb pillanatnyi csend következett

Et puis il y eut une autre confusion de voix

Aztán újabb hangzavar támadt

« Lève la tête, Brandy »

- Tartsa fel a fejét, Brandy!

« Attention à ne pas l'étouffer »

"Vigyázz, hogy ne fojtsd meg"

« Qu'est-ce qui t'est arrivé ? »

- Mi történt veled?

Enfin, une petite voix faible et grinçante est apparue

Utoljára egy kissé gyenge, nyikorgó hang jött

« Eh bien, je n'en sais presque pas plus »

"Nos, alig tudok többet"

« merci à tous, je vais mieux maintenant »

"köszönöm mindenkinek, most már jobban vagyok"
« il y a une chose dont je peux me souvenir »
"Egy dologra emlékszem"
« Quelque chose vient à moi comme un train dans un tunnel »
"Valami jön felém, mint egy vonat az alagútban"
« Et je vole comme une fusée ! »
"És felfelé repülök, mint egy égi rakéta!"
Il y eut une minute ou deux de silence
Egy-két perc csend következett
puis ils ont recommencé à se déplacer
Aztán újra mozogni kezdtek
et Alice entendit de nouveau le Lapin parler
és Alice újra hallotta a Nyulat beszélni
« Une brouette fera l'affaire, pour commencer »
"Először is egy barrowful megteszi"
« Une brouette pleine de quoi ? » pensa Alice
"Miből egy barrow?" - gondolta Alice
Mais elle ne fut pas tenue en suspens longtemps
De nem sokáig tartották felfüggesztve
Une pluie de petits cailloux est passée par la fenêtre
Kis kavicsok zápora jött be az ablakon
et quelques petits cailloux l'ont frappée au visage
és néhány apró kavics arcon ütötte
Alice fut surprise par les petits cailloux
Alice meglepődött a kis kavicsokon
Tous les petits cailloux se transformaient en gâteaux
Az összes apró kavics süteményré változott
et une idée lumineuse lui vint à l'esprit
És egy ragyogó ötlet jött a fejébe
« Je devrais manger un de ces gâteaux »
"Meg kellene ennem egy ilyen süteményt"
« Le gâteau ne manquera pas de faire changer ma taille »
"A torta biztosan változtat a méretemen"
Alors elle a avalé l'un des gâteaux
Így lenyelte az egyik süteményt
et elle fut ravie de constater qu'elle commençait à rétrécir

És örömmel tapasztalta, hogy zsugorodni kezdett
Bientôt, elle fut assez petite pour franchir la porte
Hamarosan elég kicsi volt ahhoz, hogy bejusson az ajtón
Elle s'est enfuie de la maison
Kiszaladt a házból
Une foule de petits animaux et d'oiseaux attendaient dehors
Kis állatok és madarak tömege várakozott kint
tous les petits oiseaux et les petits animaux se précipitèrent sur Alice
az összes kis madár és állat Alice-re rohant
Mais elle s'enfuit aussi vite qu'elle le put
De elszaladt, amilyen gyorsan csak tudott
et bientôt elle se trouva en sécurité dans un bois épais
És hamarosan biztonságban találta magát egy sűrű erdőben
Alice errait dans les bois
Alice az erdőben kóborolt
Et elle pensa en elle-même :
És azt gondolta magában:
« Je sais ce que je dois faire en premier »
"Tudom, mit kell először tennem"
« Je dois d'abord grandir à ma bonne taille »
"először újra a megfelelő méretre kell nőnöm"
« et puis je dois trouver mon chemin dans ce joli jardin »
"és akkor meg kell találnom az utat abba a szép kertbe"
« Je suppose que je devrais manger ou boire quelque chose ou autre »
"Azt hiszem, ennem vagy innom kellene valamit vagy mást"
« Mais la question est de savoir ce que je dois manger ou boire ? »
"De a kérdés az, hogy mit egyek vagy igyak?"
Alice regarda tout autour d'elle les fleurs
Alice körülnézett a virágokon
et elle regarda à travers les brins d'herbe
És átnézett a fűszálakon
mais elle ne voyait rien à manger ni à boire
De nem látott semmit enni vagy inni
Rien ne semblait être la bonne chose à manger ou à boire

Semmi sem tűnt megfelelőnek enni vagy inni
Il y avait un gros champignon qui poussait près d'elle
Egy nagy gomba nőtt a közelében
le champignon était à peu près de la même taille qu'Alice
a gomba körülbelül ugyanolyan magas volt, mint Alice;
Elle s'étira sur la pointe des pieds
Lábujjhegyre nyújtózkodott
Et elle jeta un coup d'œil par-dessus le bord du champignon
És átkukucskált a gomba szélén
**Ses yeux rencontrèrent immédiatement les yeux d'une
grande chenille bleue**
A szeme azonnal találkozott egy nagy kék hernyó szemével
La chenille était assise sur le sommet du champignon
A hernyó a gomba tetején ült
et la chenille avait croisé tous ses bras
és a hernyó keresztbe tette az összes karját
et il fumait tranquillement un long narguilé
És csendesen szívott egy hosszú vízipipa
et il ne faisait pas la moindre attention à rien
és a legcsekélyebb figyelmet sem vette semmire
et il n'a certainement pas fait attention à Alice
és biztosan nem figyelt Alice-re

Les conseils d'une chenille

Tanácsok egy hernyótól

Finalement, la chenille a retiré le narguilé de sa bouche

Végül a hernyó kivette a vízipipát a szájából

et il s'adressa à Alice d'une voix languissante et endormie

és bágyadt, álmos hangon szólította meg Alice-t

« Qui es-tu ? » demanda la chenille

"Ki vagy te?" - kérdezte a hernyó

Alice a répondu, plutôt timidement : « Je sais à peine, monsieur. »

Alice meglehetősen félénken válaszolt: - Alig tudom, uram

« Juste pour le moment, c'est un peu... »

"Csak abban a pillanatban minden egy kicsit..."

« Je sais qui j'étais quand je me suis levé ce matin" »

"Tudom, ki voltam, amikor ma reggel felkeltem."

« mais je pense que j'ai dû changer plusieurs fois depuis »

"de azt hiszem, azóta többször is meg kellett változnom"

« Qu'est-ce que tu veux dire par là ? » dit la chenille

"Mit értesz ez alatt?" – kérdezte a hernyó

sévèrement, la chenille lui demanda de s'expliquer

A hernyó szigorúan megkérte, hogy magyarázza meg magát

— Je ne peux pas m'expliquer, j'en ai peur, monsieur, dit Alice

- Nem tudom megmagyarázni magam, attól tartok, uram - mondta Alice

« parce que je ne suis pas moi-même »

"mert nem vagyok önmagam"

« Vous voyez, être de tant de tailles différentes en une journée, c'est très déroutant »

"Látod, ennyi különböző méret egy nap alatt nagyon zavaró"

Elle se redressa et dit très gravement :

Felhúzta magát, és nagyon komolyan mondta:

« Je pense que tu devrais me dire qui tu es, en premier »

"Azt hiszem, először meg kellene mondanod, ki vagy"

« Pourquoi ? » demanda la chenille

"Miért?" – kérdezte a hernyó

Alice ne voyait aucune bonne raison

Alice nem jutott eszébe semmi jó ok

et la chenille semblait être dans un état d'esprit très désagréable

És úgy tűnt, hogy a hernyó nagyon kellemetlen lelkiállapotban van

alors elle s'en retourna

Ezért elfordult

« Reviens ! » la chenille l'appela

"Gyere vissza!" - kiáltotta utána a hernyó

« J'ai quelque chose d'important à dire ! »

"Van valami fontos mondanivalóm!"

Alice se retourna et revint

Alice megfordult, és újra visszajött

« Garde ton sang-froid », dit la chenille

- Tartsd meg a türelmedet - mondta a hernyó

— C'est tout ? dit Alice

"Ez minden?" – kérdezte Alice

Et elle ravala sa colère de son mieux

és lenyelte a haragját, ahogy csak tudta

« Non, » dit la chenille
- Nem - mondta a hernyó
La chenille déplia ses bras
A hernyó kinyitotta a karját
Et il retira le narguilé de sa bouche
És újra kivette a vízipipát a szájából
et il a dit : « Vous pensez donc que vous avez changé, n'est-ce pas ? »
és azt mondta: "Tehát azt hiszed, hogy megváltoztál, ugye?"
— J'ai peur, je suis changée, monsieur, dit Alice
- Félek, megváltoztam, uram - mondta Alice
« Je ne me souviens plus des choses comme je m'en souvenais »
"Nem emlékszem úgy a dolgokra, mint régen"
« et je ne reste pas plus de dix minutes de la même taille ! »
"És nem maradok ugyanabban a méretben tíz percnél tovább!"
« Quelle taille veux-tu faire ? » demanda la chenille
"Milyen méretű akarsz lenni?" – kérdezte a hernyó
— Oh, ma taille ne me dérange pas particulièrement, répondit vivement Alice
- Ó, nem különösebben bánom, hogy mekkora vagyok - válaszolta Alice sietve
« Je n'aime pas changer de taille si souvent, vous savez »
"Egyszerűen nem szeretem olyan gyakran megváltoztatni a méretet, tudod"
« J'aimerais être un peu plus grand, monsieur »
- Szeretnék egy kicsit nagyobb lenni, uram
— Si cela ne vous dérange pas, ajouta Alice
- Ha nem bánnád - tette hozzá Alice
« Dix centimètres, c'est une taille si misérable »
"Tíz centiméter olyan nyomorult magasság"
« C'est une très bonne hauteur en effet ! » dit la chenille avec colère
"Valóban nagyon jó magasság!" - mondta a hernyó dühösen
et il se redressa tout en parlant
és beszéd közben felegyenesedett
Il mesurait exactement dix centimètres de haut

Pontosan tíz centiméter magas volt
Au bout d'une minute ou deux, la chenille s'est détachée du champignon
Egy-két perc múlva a hernyó leereszkedett a gombáról
et il s'enfonça en rampant dans l'herbe
és elkúszott a fűbe
En s'éloignant, il fit quelques petites remarques
Ahogy elment, tett néhány apró megjegyzést
« Un côté vous fera grandir »
"Az egyik oldalon magasabb leszel"
« Et l'autre côté te fera rapetisser »
"És a másik oldalon rövidebb leszel"
« Un côté de quoi ? » pensa Alice en elle-même
"Minek az egyik oldala?" - gondolta magában Alice;
« L'autre côté de quoi ? »
- Mi a másik oldala?
« Le côté du champignon », dit la chenille
- A gomba oldala - mondta a hernyó
C'était comme si elle avait posé sa question à haute voix
Olyan volt, mintha hangosan tette volna fel a kérdését
et un instant plus tard, il fut hors de vue
És egy másik pillanatban eltűnt a látóköréből
Alice resta pensivement à regarder le champignon
Alice továbbra is elgondolkodva nézte a gombát
Elle essayait de distinguer quels étaient les deux côtés du champignon
Megpróbálta kitalálni, hogy melyik a gomba két oldala
Enfin, elle étendit ses bras autour du champignon
Végül kinyújtotta karját a gomba körül
Et elle cassa un peu les bords
És egy kicsit letörte a széleit
« Et maintenant, de quel côté est-ce ? » se dit-elle
"És most melyik oldal melyik?" - kérdezte magában
et elle grignota un peu du mors de la main droite
És egy kicsit megrágta a jobb oldali bitet
L'instant d'après, elle sentit un violent coup sous son menton

A következő pillanatban heves ütést érzett az álla alatt
Son menton avait heurté son pied !
Az álla megütötte a lábát!
Elle fut bien effrayée par ce changement très soudain
Nagyon megijedt ettől a hirtelen változástól
Elle rétrécissait très rapidement
Nagyon gyorsan zsugorodott
Alors elle a rapidement mangé un peu de l'autre morceau de champignon
Így gyorsan megette a másik darab gombát
Son menton était très serré contre son pied
Az állát nagyon szorosan a lábához nyomta
Il y avait à peine de la place pour ouvrir la bouche
alig volt hely kinyitni a száját
mais elle parvint enfin à ouvrir la bouche
De végre sikerült kinyitnia a száját
et elle avala un morceau du mors de la main gauche
és lenyelt egy falatot a bal oldali bitből
« Ma tête a enfin été libérée ! » dit Alice
"Végre kiszabadították a fejem!" – mondta Alice
Elle baissa les yeux sur elle-même
Lenézett magára
mais tout ce qu'elle pouvait voir, c'était une immense longueur de cou
De csak egy roppant hosszú nyakat látott
Son cou semblait se dresser comme une tige
A nyaka úgy tűnt, hogy felemelkedik, mint egy szár
et elle baissa les yeux sur une mer de feuilles vertes
és lenézett a zöld levelek tengerére
« Où sont passées mes épaules ? »
- Hová került a vállam?
« Et oh, mes pauvres mains, comment se fait-il que je ne puisse pas vous voir ? »
- És ó, szegény kezem, hogy lehet az, hogy nem látlak?
Mais son cou avait un avantage
De a nyakának volt egy előnye
Elle pouvait bouger la tête dans n'importe quelle direction

Bármilyen irányba mozgathatta a fejét
En fait, elle était comme un serpent
Valójában olyan volt, mint egy kígyó
Elle zigzague gracieusement, la tête baissée
Kecsesen cikcakkban lehajtotta a fejét
et elle remua la tête à travers les arbres
És mozgatta a fejét a fák között
Mais elle entendit alors un sifflement aigu
De aztán éles sziszegést hallott
Et elle tira rapidement la tête en arrière
és gyorsan visszahúzta a fejét
Un gros pigeon lui avait volé au visage
Egy nagy galamb repült az arcába
et le pigeon était violemment avec ses ailes
És a galamb erőszakosan volt a szárnyaival

« Serpent ! » cria le pigeon
"Kígyó!" kiáltotta a galamb
« Je ne suis pas un serpent ! » dit Alice avec indignation
"Nem vagyok kígyó!" – mondta Alice felháborodottan
« Laisse-moi tranquille ! »
- Hagyj békén!
« J'ai essayé les racines des arbres »
"Kipróbáltam a fák gyökereit"
— Et j'ai essayé des haies, continua le pigeon
- És kipróbáltam a sövényeket - folytatta a galamb
« Mais ces serpents ! Il n'y a pas moyen de leur plaire !
"De azok a kígyók! Nincs kedvük hozzájuk!"
Alice était de plus en plus perplexe
Alice egyre zavartabb volt
« Comme si ce n'était pas assez compliqué de faire éclore les
œufs », a déclaré le pigeon
- Mintha nem lenne elég gond a tojások kikeltetésével -
mondta a galamb
« Nuit et jour, je dois aussi faire attention aux serpents ! »
"éjjel-nappal vigyáznom kell a kígyókra is!"
« Je venais de trouver l'arbre le plus haut de la forêt »
"Most találtam meg az erdő legmagasabb fáját"
« Je serais sûrement libre des serpents ici ? »
- Biztosan itt megszabadulnék a kígyóktól?
« Et un serpent sort du ciel ! »
"És kígyó jön ki az égből!"
« Mais je ne suis pas un serpent, je vous le dis ! » dit Alice
"De én nem vagyok kígyó, mondom neked!" – mondta Alice
"Je suis un... Je suis un... Je suis une petite fille, ajouta-t-elle
d'un air un peu dubitatif
"Egy... Egy... Kislány vagyok – tette hozzá meglehetősen
kételkedve
Après tout, elle avait traversé beaucoup de changements
Végül is sok változáson ment keresztül
« Tu cherches des œufs », dit le pigeon
- Tojást keresel - mondta a galamb
« Je le sais pertinemment »

"Ezt tényként tudom"
« Et qu'importe que vous soyez une petite fille ou un serpent ? »
"És mit számít, ha kislány vagy kígyó vagy?"
— Cela m'importe beaucoup, dit Alice à la hâte
- Nagyon sokat számít nekem - mondta Alice sietve
« mais je ne cherche pas d'œufs, en l'occurrence »
"de nem keresek tojást, ahogy történik"
« et je ne voudrais pas de tes œufs de toute façon »
"és amúgy sem akarnám a tojásaidat"
« Je n'aime pas mes œufs crus »
"Nem szeretem a tojásaimat nyersen"
« Eh bien, allez-vous-en ! » dit le pigeon d'un ton boudeur
"Nos, akkor indulj el!" - mondta a galamb mogorva hangon
et le pigeon se posa de nouveau dans son nid
és a galamb ismét letelepedett a fészkébe
Alice s'accroupit parmi les arbres du mieux qu'elle put
Alice lekuporodott a fák közé, ahogy csak tudott
Son cou ne cessait de s'emmêler parmi les branches
A nyaka folyton belegabalyodott az ágak közé
De temps en temps, elle devait s'arrêter et se tordre le cou
Hébe-hóba meg kellett állnia, és ki kellett csavarnia a nyakát
Au bout d'un moment, elle se souvint du champignon
Egy idő után eszébe jutott a gomba
Elle tenait toujours les morceaux de champignon dans ses mains
Még mindig a kezében tartotta a gombadarabokat
et elle se mit à l'œuvre avec beaucoup de soin
És nagyon óvatosan munkához látott
D'abord, elle a grignoté un morceau
Először egy darabot rágcsált
puis elle grignota l'autre morceau
Aztán a másik darabot rágcsálta
Parfois, elle grandissait
néha magasabb lett
et parfois elle devenait plus petite
és néha rövidebb lett

Mais finalement, elle a atteint sa taille habituelle
De végül elérte a szokásos magasságát
Elle n'avait pas été de sa taille depuis un certain temps
Egy ideje nem volt a saját magassága
Tout m'a semblé étrange pendant un moment
Szóval egy ideig minden furcsának tűnt
« La prochaine chose à faire est d'entrer dans ce beau jardin »
"A következő dolog, amit meg kell tennie, hogy bejusson abba a gyönyörű kertbe"
« Comment cela se fera-t-il, je me demande ? »
"Hogy lehet ezt csinálni, kíváncsi vagyok?"
En disant cela, elle tomba sur un endroit ouvert
Miközben ezt mondta, egy nyitott helyre bukkant
Il y avait une petite maison, un peu plus haute qu'un mètre
Volt egy kis ház, valamivel magasabb, mint egy méter
« Je me demande qui habite cette petite maison »
"Kíváncsi vagyok, ki lakik ebben a kis házban"
« Je ne peux certainement pas y aller aussi grand que je le suis »
"Biztosan nem tudok olyan nagyot bemenni, mint amilyen vagyok"
« Je les effrayerais terriblement ! »
"Rettenetesen megijeszteném őket!"
alors elle grignota à nouveau le petit champignon
Így hát megint a kis gombát rágcsálta
et bientôt elle s'abaissa de trente centimètres
és hamarosan harminc centiméterrel lejjebb vitte magát

Un cochon et du poivre

Egy disznó és egy kis bors

Pendant une minute ou deux, elle resta à regarder la maison

Egy-két percig csak állt, és nézte a házat

Soudain, un valet de pied sortit en courant des bois

Hirtelen egy gyalogos futott ki az erdőből

Il portait un uniforme de livrée spécial

Különleges festésű egyenruhát viselt

à en juger par son seul visage, elle l'aurait traité de poisson

Csak az arcából ítélve halnak nevezte volna

et il frappa bruyamment à la porte avec ses jointures

És hangosan kopogtatott az ajtón a csuklójával

La porte fut ouverte par un autre valet de pied

Az ajtót egy másik gyalogos nyitotta ki

Ce valet de pied portait également une livrée spéciale

Ez a gyalogos is különleges ruhát viselt

Ce valet de pied avait un visage rond et de grands yeux comme une grenouille

Ennek a gyalogosnak kerek arca és nagy szeme volt, mint egy béka

C'est le valet de pied qui ressemblait à un poisson qui a initié la cérémonie
A halnak látszó gyalogos kezdeményezte a szertartást
Il sortit quelque chose de sous son bras
Kihúzott valamit a hóna alól
et il tira de dessous son bras une enveloppe
és kihúzott a hóna alól egy borítékot
et cette enveloppe, il la remit à l'autre valet de pied
és ezt a borítékot átadta a másik gyalogosnak
D'un ton cérémoniel, il lui donna les ordres
Ünnepélyes hangon elmondta neki a parancsokat
« Ce message s'adresse à la duchesse »
"Ez az üzenet a hercegnőnek szól"
« Une invitation de la reine à jouer au croquet »
"Meghívás a királynőtől krokettezni"
Le valet de pied qui ressemblait à une grenouille répéta l'ordre
A békának látszó gyalogos megismételte a parancsot
« De la reine »
"A királynőtől"
« Une invitation »
"Meghívó"
« pour la duchesse »
"a hercegnő számára"
« Jouer au croquet »
"Krokett játék"
Puis ils s'inclinèrent tous les deux
Aztán mindketten mélyen meghajoltak
et les boucles de leurs perruques s'emmêlèrent
és a parókájukban lévő fürtök összefonódtak
Bientôt, le valet de pied qui ressemblait à un poisson a disparu
Hamarosan eltűnt a gyalogos, aki úgy nézett ki, mint egy hal
Mais le valet de pied qui ressemblait à une grenouille était toujours là
De a békának látszó gyalogos még mindig ott volt
Il était assis par terre près de la porte

A földön ült az ajtó közelében
Il regardait bêtement le ciel
Hülyén bámult az égre
Alice s'approcha timidement de la porte et frappa
Alice félénken odament az ajtóhoz és kopogtatott
— Il ne sert à rien de frapper, dit le valet de pied
- Nincs értelme kopogtatni - mondta a gyalogos
« Et ce, pour deux raisons »
"És ennek két oka van"
« D'abord, parce que je suis du même côté de la porte que toi »
"Először is, mert én az ajtónak ugyanazon az oldalán vagyok, mint te"
« Deuxièmement, parce qu'ils font tellement de bruit à l'intérieur »
"Másodszor, mert olyan nagy zajt csapnak odabent"
« Personne ne pouvait vous entendre »
"Senki sem hallhatott téged"
Et il y avait certainement un bruit des plus extraordinaires à l'intérieur
És minden bizonnyal rendkívüli zaj hallatszott odabent
des hurlements et des éternuements constants
állandó üvöltés és tüsszentés
et de temps en temps un bruit de grand fracas
és hébe-hóba nagy összeomlás hangja
comme si un plat ou une bouilloire avait été brisé en morceaux
mintha egy edényt vagy vízforralót törtek volna darabokra
« Comment vais-je entrer ? » demanda Alice
"Hogyan jutok be?" – kérdezte Alice
— Faut-il que tu entres ? dit le valet de pied
"Be kellene egyáltalán szállnod?" – kérdezte a gyalogos
« C'est la première question, vous savez »
"Ez az első kérdés, tudod"
Alice ouvrit la porte et entra
Alice kinyitotta az ajtót, és bement
La porte menait directement à une grande cuisine

Az ajtó egyenesen egy nagy konyhába vezetett

La cuisine était pleine de fumée d'un bout à l'autre

A konyha tele volt füsttel az egyik végétől a másikig

au milieu de la cuisine se trouvait la duchesse

a konyha közepén volt a hercegnő

Elle était assise sur un tabouret à trois pieds

Egy háromlábú zsámolyon ült

et elle allaitait un bébé

És egy csecsemőt szoptatott

Le cuisinier était penché au-dessus du feu

A szakács a tűz fölé hajolt

Il remuait un grand chaudron

Egy nagy kaldront kavargatott

et le chaudron semblait être plein de soupe

És úgy tűnt, hogy a kaldron tele van leveszel

« Il y a certainement trop de poivre dans cette soupe ! » Alice se dit

"Biztosan túl sok bors van abban a levesben!" Alice azt mondta magában:

Elle l'a dit du mieux qu'elle a pu sans éternuer

A lehető legjobban mondta, tüsszentés nélkül

Même la duchesse éternuait de temps en temps

Még a hercegnő is tüsszentett néha

Mais les actions du bébé étaient les plus remarquables

De a baba cselekedetei voltak a legfigyelemreméltóbbak

Le bébé éternuait et hurlait alternativement

A baba felváltva tüsszentett és üvöltött

Il n'y avait pas un instant de pause entre les hurlements et les éternuements

Egy pillanatnyi szünet sem volt az üvöltés és a tüsszentés között

Il y avait deux créatures dans la cuisine qui n'éternuaient pas

Két lény volt a konyhában, amelyek nem tüsszentettek

Le cuisinier était trop occupé pour éternuer

A szakács túl elfoglalt volt ahhoz, hogy tüsszentsen

et le gros chat ne semblait pas se soucier du poivre

És úgy tűnt, hogy a nagy macska nem bánja a borsot
Au lieu de cela, le gros chat souriait d'une oreille à l'autre
Ehelyett a nagy macska fültől fülig vigyorgott
— Pourriez-vous me le dire, s'il vous plaît, dit Alice un peu timidement
- Kérem, mondja meg nekem - mondta Alice kissé félénken
« Pourquoi ton chat sourit-il comme ça ? »
"Miért vigyorog így a macskád?"
« C'est un Cheshire-Cat, » dit la duchesse
- Ez egy Cheshire-macska - mondta a hercegnő
« Et c'est pourquoi il sourit d'une oreille à l'autre »
"És ezért vigyorog fültől fülig"
« Je ne savais pas qu'un Cheshire-Cat souriait toujours »
"Nem tudtam, hogy egy Cheshire-macska mindig vigyorog"
« En fait, je ne savais pas que les chats pouvaient sourire », a déclaré Alice
"Valójában nem tudtam, hogy a macskák vigyoroghatnak" - mondta Alice
— Il y a beaucoup de choses que vous ne savez pas, dit la duchesse
- Sok mindent nem tudsz - mondta a hercegnő
« Il y a beaucoup de choses que vous ne savez pas et c'est un fait »
"Sok minden van, amit nem tudsz, és ez tény"
Juste à ce moment-là, le cuisinier retira le chaudron de soupe du feu
Ekkor a szakács levette a tűzről a leves kaldronját
et aussitôt, elle commença à jeter tout ce qui était à sa portée
És azonnal elkezdett mindent dobálni, ami elérhető volt
elle jeta tout ce qu'elle put sur la duchesse et le bébé
mindent odadobott a hercegnőnek és a csecsemőnek, amit csak tudott
D'abord, elle jeta les fers à feu
Először eldobta a tűzivasalókat
Puis elle a jeté une poignée de casseroles
Aztán dobott egy marék serpenyőt
et enfin elle jeta les assiettes et les plats

és végül eldobta a tányérokat és az edényeket
La duchesse ne fit pas attention à elle
A hercegnő nem vett róla tudomást
Même lorsqu'elle a été frappée par une assiette, elle ne s'est pas inquiétée
Még akkor sem, amikor egy tányér megütötte, nem aggódott
Le bébé hurlait déjà tellement
A baba már annyira üvöltött
Il était donc impossible de dire si les coups blessaient le bébé ou non
Tehát lehetetlen volt megmondani, hogy a fújások fájnak-e a babának vagy sem
« Oh, je vous en prie, faites attention à ce que vous faites ! » s'écria Alice
"Ó, kérlek, törődj azzal, amit csinálsz!" - kiáltotta Alice
et elle sautait de haut en bas dans une agonie de terreur
és rémülten ugrált fel és alá
la duchesse offrit le bébé à Alice
a hercegnő felajánlotta Alice-nek a babát
« Ici ! Tu peux allaiter un peu le bébé, si tu veux !
"Itt! Szoptathatod egy kicsit a babát, ha úgy tetszik!"
et elle lui lança l'enfant tout en parlant
És beszéd közben rávetette a babát
« Je dois aller me préparer à jouer au croquet avec la reine »
"El kell mennem, és fel kell készülnöm krokettezni a királynővel"
et elle se hâta de sortir de la chambre
és kisietett a szobából
Alice attrapa le bébé avec quelque difficulté
Alice némi nehézséggel elkapta a babát
parce que c'était une petite créature de forme très étrange
mert nagyon furcsa alakú kis lény volt
et l'enfant tendit les bras et les jambes dans toutes les directions
és a baba minden irányba kinyújtotta karját és lábát
« Je ferais mieux d'emmener cet enfant avec moi », pensa Alice

"Jobb, ha magammal viszem ezt a gyereket" - gondolta Alice

« Ils sont sûrs de tuer ce bébé dans un jour ou deux »

"Biztosan megölik ezt a babát egy-két napon belül"

« Ne serait-ce pas un meurtre de laisser ce bébé derrière soi ? »

"Nem lenne gyilkosság hátrahagyni ezt a babát?"

Elle prononça les derniers mots à haute voix

Hangosan kimondta az utolsó szavakat

Et la petite créature grogna en réponse

És az apróság morgott válaszként

« Tu ferais mieux de ne pas te transformer en cochon, ma chère, » dit Alice

- Jobb, ha nem válsz disznóvá, kedvesem - mondta Alice

« ou alors je n'aurai plus rien à faire avec toi »

"különben semmi közöm nem lesz hozzád"

Alice commençait à peine à penser en elle-même :

Alice éppen csak elgondolkodott magában:

« Maintenant, que vais-je faire de cette créature, quand je la ramène à la maison ? »

- Nos, mit kezdjek ezzel a teremtménnyel, ha hazaviszem?

Mais alors la petite créature grogna un peu violemment

De aztán a kis teremtmény kissé hevesen morgott

et Alice baissa les yeux sur son visage avec une certaine inquiétude

és Alice némi riadalommal nézett le az arcába

Cette fois, il ne pouvait y avoir d'erreur à ce sujet

Ezúttal nem lehetett tévedés

Ce n'était ni plus ni moins qu'un cochon

nem volt sem több, sem kevesebb, mint egy disznó

alors elle déposa la petite créature

Így hát letette a kis teremtményt

et la petite créature s'éloigna tranquillement dans le bois

És a kis teremtmény csendesen elügetett az erdőbe

Alice se sentit tout à fait soulagée de voir la créature partir

Alice nagyon megkönnyebbült, amikor látta, hogy a lény elmegy

Alice fut un peu surprise en voyant le Chat-Cheshire

Alice kissé megijedt, amikor meglátta a Cheshire-macskát
Il était assis sur une branche d'arbre à quelques mètres de là
Egy faágon ült, néhány méterre tőle
Le chat ne sourit que lorsqu'il la vit
A macska csak vigyorgott, amikor meglátta
« Chat du Cheshire », commença Alice un peu timidement
- Cheshire-macska - kezdte Alice meglehetősen félénken
**« Pourriez-vous s'il vous plaît me dire dans quelle direction
je dois aller à partir d'ici ? »**
- Kérem, mondja meg, merre menjek innen?
« Dans cette direction », dit le chat
- Abban az irányban - mondta a macska
et il agita la patte droite
és integetett a jobb mancsával
**« C'est dans cette direction que vit un fabricant de
chapeaux »**
"Ebben az irányban él a kalapok készítője"
puis le chat agita son autre patte
Aztán a macska intett a másik mancsával
« Et dans cette direction vit un lièvre de marche »
"És ebben az irányban él egy márciusi nyúl"
**« Visitez l'un ou l'autre de vos goûts ; Ils sont tous les deux
fous"**
"Látogassa meg, amit csak akar; mindketten őrültek"
— Mais je ne veux pas aller parmi des fous, remarqua Alice
- De nem akarok őrültek közé menni - jegyezte meg Alice
« Oh, tu ne peux pas t'en empêcher, » dit le Chat
- Ó, ezen nem tehetsz - mondta a Macska
« Nous sommes tous fous ici »
"Itt mindannyian őrültek vagyunk"
« Tu joues au croquet avec la reine aujourd'hui ? »
- Ma krokettet játszol a királynővel?
— J'aimerais beaucoup, dit Alice
- Nagyon szeretném - mondta Alice
« mais je n'ai pas encore été invité »
"de még nem hívtak meg"
« Tu me verras là-bas », dit le Chat

- Ott látni fogsz - mondta a Macska
et d'un instant à l'autre le chat disparaissait
És egyik pillanatról a másikra a macska eltűnt
bientôt Alice arriva en vue de la maison du lièvre de marche
hamarosan Alice megpillantotta a menetelő nyúl házát
C'était une très grande maison
Ez egy nagyon nagy ház volt
alors Alice ne voulait pas s'approcher de la maison
így Alice nem akart a ház közelébe menni
**D'abord, elle a dû grignoter un peu plus du morceau de
champignon du côté gauche**
Először még egy kis gombát kellett rágcsálnia a bal oldali
gombából

Un thé fou

Egy őrült tea-party

Devant la maison, il y avait un arbre

A ház előtt volt egy fa

et sous l'arbre, il y avait une table

És a fa alatt volt egy asztal

et la table était dressée avec toutes sortes de couverts

És az asztal mindenféle evőeszközzel volt megterítve

Le lièvre de mars et le chapelier étaient à table

A márciusi nyúl és a kalapkészítő az asztalnál ült

et ensemble ils prenaient le thé

és együtt teáztak

Un loir était assis entre eux

Egy hálóterem ült közöttük

et le loir dormait profondément

és a dormouse mélyen aludt

La table était d'une taille extraordinaire

Az asztal rendkívüli méretű volt

mais la majeure partie de la table était inoccupée

De az asztal nagy része üres volt

Ils étaient assis serrés les uns contre les autres dans un coin de la table

Összezsúfolódva ültek az asztal egyik sarkában

et pourtant ils s'excusaient quand ils voyaient Alice

és mégis mentegetőztek, amikor meglátták Alice-t

« Pas de place ! Pas de place ! » crièrent-ils

"Nincs hely! Nincs hely!" – kiáltották

« Il y a beaucoup de place ! » dit Alice avec indignation

"Rengeteg hely van!" - mondta Alice felháborodva

À l'une des extrémités de la table, il y avait un grand fauteuil

Az asztal egyik végén egy nagy karosszék volt

et Alice s'assit dans le fauteuil

és Alice leült a karosszékbe

Le chapelier ouvrit de grands yeux

A kalapkészítő nagyon tágra nyitotta a szemét

Il n'arrivait pas à croire ce qu'il voyait

Nem hitte el, amit lát
Mais son esprit était curieux d'autres choses
De az elméje más dolgokra volt kíváncsi
« Pourquoi un corbeau est-il comme un bureau ? »
"Miért olyan a holló, mint az íróasztal?"
Alice était prête à relever le défi
Alice nyitott volt a kihívásra
« Je suis content qu'ils aient commencé à poser des énigmes »
"Örülök, hogy elkezdtek rejtvényeket kérdezni"
— Je crois que je peux le deviner, ajouta-t-elle à haute voix
- Azt hiszem, kitalálhatom - tette hozzá hangosan
Le lièvre de mars s'est curieux de connaître Alice
A menetelő nyúl kíváncsi lett Alice-re
« Pensez-vous vraiment que vous pouvez trouver la réponse ? »
"Tényleg azt hiszed, hogy megtalálod a választ?"
— Je crois que je peux trouver la réponse, en effet, dit Alice
- Azt hiszem, valóban megtalálom a választ - mondta Alice
« Alors, tu devrais dire ce que tu veux dire », continua le lièvre de marche
- Akkor mondd el, mire gondolsz - folytatta a menetnyúl
— Je dis ce que je pense, répondit vivement Alice
- Mondom, amire gondolok - felelte Alice sietve
« à tout le moins, je pense ce que je dis »
"legalábbis komolyan gondolom, amit mondok"
« C'est la même chose, vous savez »
"Ez ugyanaz, tudod"
Le loir a également contribué à la conversation
A dormouse is hozzájárult a beszélgetéshez
mais le loir semblait parler dans son sommeil
De úgy tűnt, hogy a dormouse álmában beszél
« Je respire quand je dors »
"Lélegzem, amikor alszom"
« Je dors quand je respire ! »
"Alszom, amikor lélegzem!"
« Autant dire qu'ils sont les mêmes aussi »

"Akár azt is mondhatnánk, hogy ugyanazok"
« C'est la même chose pour toi », dit le chapelier
- Ugyanez a helyzet veled - mondta a kalapkészítő
Et il versa un peu de thé sur le nez du loir
és egy kis teát öntött a dormouse orrára
Le Loir secoua la tête avec impatience
A Dormouse türelmetlenül rázta a fejét
et le loir parla de nouveau, sans ouvrir les yeux
És megint megszólalt a dormouse, anélkül, hogy kinyitotta
volna a szemét
« Bien sûr, bien sûr que c'est la même chose »
"Természetesen ugyanaz"
« C'est juste ce que j'allais dire moi-même »
"csak ezt akartam mondani magam"

Le chapelier se tourna vers Alice et lui posa une autre
question
A kalapkészítő Alice-hez fordult, és újabb kérdést tett fel
« As-tu déjà deviné l'énigme ? »
- Kitaláltad már a rejtvényt?
« Non, j'abandonne », a concédé Alice
- Nem, feladom - ismerte el Alice
« Quelle est la réponse ? » voulait-elle savoir
"Mi a válasz?" – kérdezte
— Je n'en ai pas la moindre idée, dit le chapelier
- A leghalványabb ötletem sincs - mondta a kalapkészítő
« Moi non plus, » dit le lièvre de marche
- Nem is tudom - mondta a menetnyúl
Alice poussa un soupir de lassitude
Alice fáradtan sóhajtott
« Il y a de meilleures utilisations du temps que des énigmes
sans réponses »
"Vannak jobb időfelhasználások, mint a válaszok nélküli
rejtvények"
« Prends encore du thé », dit le lièvre de marche à Alice, très
sérieusement
- Igyál még egy teát - mondta a menetnyúl Alice-nek nagyon
komolyan
Alice était assez offensée par l'offre
Alice-t nagyon sértette az ajánlat
— Je n'ai pas encore pris de thé, répondit Alice
- Még nem ittam teát - felelte Alice
« donc je ne peux plus prendre de thé »
"ezért nem tudok több teát inni"
— Vous voulez dire que vous ne pouvez pas prendre moins
de thé, dit le chapelier
- Úgy érted, hogy nem ihatsz kevesebb teát - mondta a
kalapkészítő
« C'est très facile de prendre plus que rien »
"Nagyon könnyű többet venni a semminél"
À ces mots, Alice se leva et s'en alla
Erre Alice felállt és elment

Le loir s'endormit instantanément
A dormouse azonnal elaludt
et ni l'un ni l'autre ne firent la moindre attention à son départ
és a többiek közül egyik sem vette észre, hogy elmegy
bien qu'elle ait regardé en arrière une ou deux fois
bár egyszer-kétszer visszanézett
Ils essayaient de mettre le loir dans la théière
Megpróbálták betenni a dormouse-t a teáskannába
« En tout cas, je n'y retournerai plus ! » dit Alice
"Mindenesetre soha többé nem megyek oda!" - mondta Alice
et elle se fraya un chemin à travers les bois
És végigsétált az erdőn
« c'était le thé le plus stupide auquel j'aie jamais assisté »
"Ez volt a leghülyébb teaparti, amin valaha is voltam"
Juste au moment où elle disait cela, elle remarqua quelque chose
Ahogy ezt mondta, észrevett valamit
L'un des arbres avait une porte qui y menait directement
Az egyik fának volt egy ajtaja, amely egyenesen oda vezetett
« C'est très intéressant ! » a-t-elle pensé
"Ez nagyon érdekes!" - gondolta
« Je pense que je peux aussi bien passer la porte »
"Azt hiszem, akár be is mehetek az ajtón"
Et elle passa par la porte
És az ajtón át ment
Une fois de plus, elle se retrouva dans le long couloir
Még egyszer a hosszú teremben találta magát
de nouveau, elle était près de la petite table de verre
Ismét közel volt a kis üvegasztalhoz
Elle prit la petite clé d'or
Elvette a kis aranykulcsot
et elle ouvrit la porte qui donnait sur le jardin
és kinyitotta az ajtót, amely a kertbe vezetett
Puis elle s'est mise au travail pour grignoter le champignon
Aztán munkához látott, és rágcsálta a gombát
Elle avait gardé un morceau du champignon dans sa poche

Egy darab gombát tartott a zsebében
Et finalement, elle mesurait environ un mètre
és végül körülbelül egy méter magas volt
Puis elle descendit le petit couloir
Aztán végigsétált a kis folyosón
**Et puis elle s'est finalement retrouvée dans le magnifique
jardin**
Aztán végül a gyönyörű kertben találta magát
**et elle était parmi les fleurs brillantes et les fontaines
fraîches**
És ott volt a fényes virágok és a hűvös szökőkutak között

Le terrain de croquet de la reine
A királynő krokettje

Un grand rosier se dressait près de l'entrée du jardin
Egy nagy rózsafa állt a kert bejáratánál
Les roses qui poussaient sur l'arbre étaient blanches
A fán növekvő rózsák fehérek voltak
Mais il y avait trois jardiniers qui peignaient la rose
De három kertész festette a rózsát
Ils étaient occupés à peindre les roses en rouge
szorgalmasan festették vörösre a rózsákat
et Alice les regardait peindre les roses en rouge
és Alice nézte, ahogy vörösre festik a rózsákat
et soudain leurs yeux tombèrent par hasard sur Alice
és hirtelen a szemük véletlenül Alice-re esett
Alice parlait un peu timidement
Alice kissé félénken beszélt
« Pourriez-vous me le dire, s'il vous plaît ? »
- Megmondaná, kérem;
« Pourquoi peignez-vous tous ces roses ? »
"Miért festitek mindnyájan azokat a rózsákat?"
cinq et sept ne dirent rien, mais regardèrent deux
Öt és hét nem szólt semmit, csak kettőre nézett
deux d'entre eux parlèrent à voix basse
ketten szólaltak meg, halk hangon
— Eh bien, le fait est, voyez-vous, madame.
- Miért, a tény, látja, asszonyom.
« Celui-ci aurait dû être un rosier rouge »
"Ennek itt egy vörös rózsafának kellett volna lennie"
« Et nous avons mis un rosier blanc par erreur »
"És tévedésből egy fehér rózsafát tettünk bele"
« Comme vous en conviendrez, la reine ne doit pas le découvrir »
"Ahogy egyetértenének, a királynőnek nem szabad megtudnia"
« Sinon, nous aurions tous la tête tranchée »
"különben mindannyiunk fejét levágnák"
« Alors vous voyez, madame, nous faisons de notre mieux »

- Látja, asszonyom, minden tőlünk telhetőt megteszünk.
La cinquième carte avait regardé anxieusement à travers le jardin
Az ötös kártya aggódva nézett át a kerten
À ce moment, la cinquième carte cria : « La dame ! La reine !
Ebben a pillanatban az ötös kártya felkiáltott: "A királynő! A királynő!"
Et les trois jardiniers s'enfuirent aussitôt
és a három kertész azonnal elsurrant
et ils se jetèrent à plat ventre
és arcra vetették magukat
Il y eut un bruit de nombreux pas
Sok lépés hangja hallatszott
Alice regarda autour d'elle, impatiente de voir la reine
Alice körülnézett, alig várta, hogy láthassa a királynőt
Au début de la procession se trouvaient dix soldats
A menet elején tíz katona volt
leurs mains et leurs pieds étaient dans les coins
kezük és lábuk a sarkokban volt
et dans leurs mains et leurs pieds étaient des massues
és kezükben és lábukban botok voltak
Venaient ensuite les dix courtisans
Ezután jött a tíz udvaronc
Les courtisans étaient partout ornés de diamants
Az udvaroncokat mindenütt gyémántok díszítették
Après les courtisans sont venus les enfants royaux
Az udvaroncok után jöttek a királyi gyermekek;
Il y avait dix enfants royaux
Tíz királyi gyermek volt
et tous les enfants royaux étaient ornés de cœurs
és minden királyi gyermeket szívvel díszítettek
Venaient ensuite les invités ; principalement des rois et des reines
Ezután jöttek a vendégek; többnyire királyok és királynők
et parmi les rois et la reine, Alice vit quelqu'un
és a királyok és a királynő között Alice látott valakit
Elle revit le lapin blanc qu'elle avait chassé

Újra látta a fehér nyulat, amelyet üldözött
Le cortège était suivi par le valet de cœur
A menetet a szívek köldöke követte
Il portait la couronne du roi
A király koronáját hordozta
et la couronne du roi était sur un coussin de velours cramoisi
és a király koronája bíbor bársony párnán volt
Et puis vint la fin de ce grand cortège
És akkor jött el ennek a nagy menetnek a vége
Et là, à la fin, il y avait le Roi et la Reine de Cœur
És ott volt a végén a szívek királya és királynője
le cortège arriva en face d'Alice
a menet Alice-szel szemben jött
et ils s'arrêtèrent tous et la regardèrent
És mindannyian megálltak, és ránéztek
et la reine dit sévèrement : « Qui est-ce ? »
és a királyné komolyan megkérdezte: "Ki ez?"
Elle l'a dit au Valet de Cœur
Elmondta a Szívek Hajójának
Mais il s'est contenté de s'incliner et de sourire en réponse
De ő csak meghajolt és mosolygott válaszul;
Alice parla très poliment
Alice nagyon udvariasan beszélt
« Je m'appelle Alice, alors faites plaisir à Votre Majesté »
"A nevem Alice, ezért kérem fenségedet"
Mais elle avait d'autres pensées pour elle-même
De más gondolatai voltak magának
« Ce n'est qu'un jeu de cartes, après tout ! »
"Végül is csak egy csomag kártya!"
« Savez-vous jouer au croquet ? » cria la reine
"Tudsz krokettezni?" - kiáltotta a királynő
La question était évidemment destinée à Alice
A kérdés nyilvánvalóan Alice-nek szólt
— Oui ! dit Alice d'une voix forte
- Igen! - mondta Alice hangosan
« Venez jouer alors ! » rugit la reine
"Gyere hát játszani!" üvöltötte a királynő

une voix timide s'adressa à Alice
egy félénk hang szólt Alice-hez
« C'est une très belle journée ! »
"Ez egy nagyon szép nap!"
Elle se promenait près du lapin blanc
A fehér nyúl mellett sétált
et le Lapin Blanc jetait un coup d'œil anxieux sur son visage
és a Fehér Nyúl aggódva kukucskált az arcába
« Une très belle journée, en effet, confirma Alice
- Valóban nagyon szép nap - erősítette meg Alice
« Où est la duchesse ? »
- Hol van a hercegnő?
« Chut ! Chut ! dit le Lapin
"Csitt! Hush!" - mondta a Nyúl
« Elle est sous le coup d'une sentence d'exécution »
"Kivégzés alatt áll"
« Pourquoi est-elle exécutée ? » demanda Alice
"Miért végzik ki?" – kérdezte Alice
« Elle a éraflé les oreilles de la reine », commença le lapin
- Megkopta a királyné fülét - kezdte a nyúl
cria la reine d'une voix de tonnerre
- kiáltotta a királynő mennydörgés hangján
« Retournez à vos endroits ! »
"Menj a helyedre!"
et les gens se mirent à courir dans toutes les directions
és az emberek elkezdtek futni minden irányba
et ils tombèrent tous les uns contre les autres
és mindannyian egymásnak estek
Cependant, ils se sont calmés en une minute ou deux
Egy-két perc alatt azonban letelepedtek
Et puis le jeu a commencé
És akkor kezdődött a játék
Alice n'avait jamais vu un terrain de croquet aussi curieux
Alice még soha nem látott ilyen furcsa krokettföldet
L'herbe n'était que crêtes et sillons
A fű csupa gerinc és barázda volt
Les boules de croquet étaient de vrais hérissons

A krokettgolyók valódi sündisznók voltak
Et les maillets étaient de vrais flamants roses
És a kalapácsok valódi flamingók voltak
et les soldats se tinrent sur leurs mains et leurs pieds
és a katonák álltak a kezükön és a lábukon
Parce que les arches ont été faites à partir de leurs corps
mert az ívek a testükből készültek
Les joueurs ont tous joué en même temps
A játékosok mind egyszerre játszottak
Personne n'attendait son tour
Senki sem várta meg a sorukat
et tout le monde se querellait avec tout le monde
és mindenki veszekedett mindenkivel
et tous se battaient pour les hérissons
És mindannyian harcoltak a sündisznókért
Bientôt, la reine fut dans une colère furieuse
Hamarosan a királynő dühös szenvedélyben volt
et elle s'est mise à piétiner et à crier
És elkezdett ütlegelni és kiabálni
« Coupez-lui la tête ! »
- Vágja le a fejét!
« Coupez-lui la tête ! »
- Vágja le a fejét!
« Coupez-leur la tête ! »
"Vágd le az összes fejüket!"
De nouveau, Alice pensa en elle-même
Alice megint azt gondolta magában:
« Ils sont affreusement friands de décapiter les gens ici »
"Rettenetesen szeretik itt lefejezni az embereket"
**« Ce qui est très étonnant, c'est qu'il reste quelqu'un en vie !
»**
"A nagy csoda az, hogy valaki életben maradt!"
Elle cherchait un moyen de s'échapper
Valami menekülési módot keresett
Elle remarqua une curieuse apparition dans l'air
Furcsa megjelenést vett észre a levegőben
« C'est le chat du Cheshire », se dit-elle

"Ez a Cheshire-macska" - mondta magában
« maintenant j'aurai quelqu'un à qui parler »
"most lesz kivel beszélnem"
« Comment vas-tu ? » dit le chat
"Hogy boldogulsz?" – kérdezte a macska
« Je ne pense pas qu'ils jouent du tout équitablement », a
déclaré Alice
"Egyáltalán nem hiszem, hogy tisztességesen játszanak" –
mondta Alice
et elle avait un ton plutôt plaintif
és meglehetősen panaszos hangja volt
« Ils se querellent tous si affreusement »
"Mindannyian olyan rettenetesen veszekednek"
« On ne s'entend pas parler »
"Az ember nem hallja magát beszélni"
« Et ils ne semblent pas jouer selon des règles »
"És úgy tűnik, hogy nem játszanak semmilyen szabály szerint"
le chat a posé une question à Alice à voix basse
a macska halk hangon kérdezte Alice-t
« Comment aimez-vous la reine ? »
- Hogy tetszik a királynő?
— Je ne l'aime pas du tout, dit Alice
- Egyáltalán nem szeretem őt - mondta Alice

Alice pensa qu'elle ferait aussi bien d'y retourner
Alice úgy gondolta, akár vissza is mehet
Elle voulait voir comment le match se passait
Látni akarta, hogyan megy a játék
Elle est partie à la recherche de son hérisson
Elindult, hogy megkeresse a sündisznóját
Le hérisson était occupé à combattre un autre hérisson
A sündisznó egy másik sündisznóval volt elfoglalva
C'était une excellente occasion
Ez kiváló lehetőség volt
Elle pouvait croquer un hérisson avec l'autre
Az egyik sündisznót krokettezni tudta a másikkal
Mais son flamant rose était de l'autre côté du jardin
De a flamingója a kert másik oldalán volt
Le flamant rose était plutôt maladroit
A flamingó meglehetősen ügyetlen volt
Son flamant rose essayait de s'envoler dans un arbre
A flamingója megpróbált felrepülni egy fára
Elle attrapa le flamant rose par la patte
A lábánál elkapta a flamingót
Et elle glissa le flamant rose sous son bras
És eldugta a flamingót a hóna alá
De cette façon, le flamant rose ne pouvait plus s'échapper
Így a flamingó nem tudott újra elmenekülni
Juste à ce moment-là, Alice rencontra la duchesse
Éppen akkor Alice találkozott a hercegnővel
La duchesse était maintenant sortie de prison
A hercegnő most már kiszabadult a börtönből
Elle glissa affectueusement son bras sous celui d'Alice
Gyengéden Alice hóna alá dugta a karját
puis ils sont partis ensemble
Aztán együtt sétáltak el
**Alice était très heureuse de la trouver d'une humeur si
agréable**
Alice nagyon örült, hogy ilyen kellemes hangulatban találta
Elle était cependant un peu surprise
Kissé megijedt

Elle entendit la voix de la duchesse près de son oreille
Hallotta a hercegnő hangját a füléhez közel
« Tu penses à quelque chose, ma chérie »
- Gondolsz valamire, kedvesem.
« Et ça fait oublier de parler »
"És ettől elfelejtesz beszélni"
« Le jeu se passe un peu mieux maintenant », a déclaré Alice
"A játék most már jobban megy" – mondta Alice
C'était une façon de poursuivre la conversation
Ez volt az egyik módja annak, hogy fenntartsuk a beszélgetést
— C'est vrai, dit la duchesse
- Valóban így van - mondta a hercegnő
« Et la morale de cela est la suivante : »
"És ennek tanulsága ez: "
« C'est l'amour qui fait tout ! »
"A szeretet az, ami mindent megtesz!"
« L'amour est ce qui fait tourner le monde »
"A szeretet az, ami körbejárja a világot"
Alice avait une autre explication
Alice-nek más magyarázata volt
« C'est fait par tout le monde qui s'occupe de ses propres affaires ! »
"Ezt mindenki a saját dolgával törődve csinálja!"
— Ah ! Vous pourriez avoir raison"
- Hát igen! Igazad lehet"
— Tout cela signifie à peu près la même chose, dit la duchesse
- Mindez nagyjából ugyanazt jelenti - mondta a hercegnő
et elle enfonça son petit menton pointu dans l'épaule d'Alice
és éles kis állát Alice vállába fúrta
« Et la morale de cela est la suivante »
"És ennek a tanulsága ez"
« Prendre soin du sens »
"Vigyázz az érzékre"
« Et puis les sons prendront soin d'eux-mêmes »
"És akkor a hangok gondoskodnak magukról"
Mais alors le bras de la duchesse se mit à trembler

De aztán a hercegnő karja remegni kezdett
Alice leva les yeux et la reine se tenait là
Alice felnézett, és ott állt a királynő
La reine avait les bras croisés
A királynő összekulcsolta a karját
Et elle fronçait les sourcils comme un orage !
És összeráncolta a homlokát, mint egy zivatar!
« Je vous préviens », cria la reine
- Igazságosan figyelmeztetlek - kiáltotta a királynő
et elle piétina le sol tout en parlant
és beszéd közben a földre taposott
« Soit ta tête, soit sa tête doit être coupée »
"Vagy a fejednek, vagy az ő fejének kell levennie"
« Faites votre choix ! »
"Válasszon!"
« Et soyez rapide à ce sujet »
"És légy gyors"
La duchesse fait son choix
A hercegnő választotta
et au bout d'un instant la duchesse avait disparu
és egy pillanaton belül a hercegnő eltűnt
Puis la reine s'adressa à Alice
Aztán a királynő beszélt Alice-szel
« Continuons le jeu »
"Folytassuk a játékot"
Alice était trop effrayée pour dire un mot
Alice túlságosan megijedt ahhoz, hogy egy szót is szóljon
et elle la suivit lentement jusqu'au terrain de croquet
és lassan követte őt vissza a krokettföldre
Pendant tout ce temps, la reine s'est querellée avec les autres joueurs
A királynő egész idő alatt veszekedett a többi játékossal
« Coupez-lui la tête ! »
- Vágja le a fejét!
« Coupez-lui la tête ! »
- Vágja le a fejét!
« Coupez-leur la tête ! »

"Vágd le az összes fejüket!"
Bientôt, tous les joueurs ont été en garde à vue
Hamarosan az összes játékos őrizetben volt
il ne restait que le roi, la reine et Alice
csak a király, a királynő és Alice maradt
Puis la reine s'en alla, tout à fait essoufflée
Aztán a királynő elment, egészen kifulladva
et elle s'en alla avec Alice
és elment Alice-szel
Alice entendit le roi dire quelque chose
Alice hallotta, hogy a király halkan mond valamit
« Vous êtes tous pardonnés »
"Mindnyájan bocsánatot nyertek"
Mais soudain, un autre cri se fit entendre
De hirtelen újabb kiáltás hallatszott
« Le procès commence ! »
"A tárgyalás kezdődik!"
et Alice courut avec les autres
és Alice futott a többiekkel

Qui a volé les tartes ?
Ki lopta el a tortákat?
Le roi et la reine de cœur étaient assis
A szívek királya és királynője ült
ils étaient sur leur trône quand Alice arriva
a trónjukon ültek, amikor Alice megérkezett
Il y avait une grande foule rassemblée autour d'eux
Nagy tömeg gyűlt köréjük
Il y avait toutes sortes de petits oiseaux et de bêtes
Mindenféle kis madár és vadállat volt
Et il y avait tout le paquet de cartes
És ott volt az egész csomag kártya
Le coquin se tenait devant eux, enchaîné
A köldök ott állt előttük, láncra verve
et il y avait un soldat de chaque côté pour le garder
és mindkét oldalon volt egy-egy katona, aki őrizte
près du roi était le lapin blanc
a király közelében volt a fehér nyúl
Il avait une trompette dans une main
Egyik kezében trombita volt
et il avait un rouleau de parchemin dans l'autre main
és a másik kezében pergamentekercs volt
Au milieu de la cour se trouvait une table
Az udvar közepén volt egy asztal
Sur la table, il y avait un grand plat de tartes
Az asztalon egy nagy tál torta volt
« J'aimerais qu'ils fassent le procès », pensa Alice
"Bárcsak elvégeznék a tárgyalást" - gondolta Alice;
« Alors nous pourrions manger quelques-uns de ces rafraîchissements ! »
- Akkor ehetnénk néhány frissítőt!

Le juge, soit dit en passant, était le roi
A bíró egyébként a király volt
et il portait sa couronne sur sa grande perruque
és koronáját nagy parókája fölött viselte
« C'est le banc des jurés, pensa Alice
"Ez az esküdtszéki páholy" - gondolta Alice
« Et ces douze créatures, je suppose qu'elles sont les jurés »
"és az a tizenkét teremtmény, feltételezem, hogy ők az esküdtek"
certains étaient des animaux, et d'autres étaient des oiseaux
Néhányan állatok voltak, mások madarak
Juste à ce moment-là, le lapin blanc a crié
Ekkor a fehér nyúl felkiáltott
« Silence dans la cour ! »
"Csend a bíróságon!"
« Héraut, lisez l'accusation ! » dit le roi
"Hírnök, olvasd el a vádat!" - mondta a király
Le lapin blanc souffla trois coups de trompette
A fehér nyúl három robbanást fújt a trombitán
Puis il déroula le parchemin
Aztán kibontotta a pergamentekercset
Et il a lu ce qui suit :
és a következőket olvasta:

« La reine de cœur, elle a fait des tartes, »
"A szívek királynője, készített néhány tortát,"
« Tout cela, elle l'a fait un jour d'été »
"Mindezt egy nyári napon tette"
« Le valet de cœur, il a volé ces tartes »
"A szívek köldöke, ellopta azokat a tortákat"
« Et il a emporté ces tartes loin ! »
- És messzire vitte azokat a tortákat!
« Appelez le premier témoin », dit le roi
- Hívd az első tanút - mondta a király
et le lapin blanc souffla trois coups de trompette
és a fehér nyúl három robbanást fújt a trombitán
« Amenez le premier témoin ! » cria-t-il
"Hozzátok az első tanút!" – kiáltotta
Le premier témoin était le chapelier
Az első tanú a kalapkészítő volt
Il entra avec une tasse de thé dans une main
Bejött egy teáscsészével az egyik kezében
et il avait un morceau de pain et de beurre dans l'autre main
és volt egy darab kenyér és vaj a másik kezében
« Tu aurais dû finir », dit le roi
- Be kellett volna fejezned - mondta a király
« Quand avez-vous commencé ? »
- Mikor kezdted?
Le chapelier regarda le lièvre de marche
A kalapkészítő a menetnyúlra nézett
Le lièvre de marche l'avait suivi dans la cour
A menetnyúl követte őt az udvarba
Il avait marché bras dessus bras dessous avec le loir
Kart karba öltve sétált a dormouse-szal
« Le quatorzième mars, je crois, dit-il
"Azt hiszem, március tizennegyedike volt" – mondta
« Rendez votre témoignage », dit le roi
- Adj tanúvallomást - mondta a király
« Et ne sois pas nerveux, ou je te ferai exécuter sur-le-
champ »
"és ne idegeskedj, különben a helyszínen kivégeztelek"

Cela n'a pas semblé encourager du tout le témoin
Úgy tűnt, hogy ez egyáltalán nem bátorította a tanút
Il n'arrêtait pas de se déplacer d'un pied sur l'autre
Folyton egyik lábáról a másikra váltott;
et il regarda la reine avec inquiétude
és nyugtalanul nézett a királynőre
et, dans sa confusion, il mordit un gros morceau de sa tasse de thé
És zavarában egy nagy darabot harapott ki a teáscsészéjéből
En réalité, il voulait croquer dans son pain et son beurre
valójában harapni akart a kenyeréből és a vajából
Juste à ce moment, Alice éprouva une sensation très curieuse
Ebben a pillanatban Alice nagyon kíváncsi érzést érzett
Elle commençait à grossir à nouveau
Kezdett újra nagyobb lenni
Le misérable chapelier laissa tomber sa tasse de thé
A nyomorult kalapkészítő elejtette a teáscsészéjét
et le pain et le beurre tombèrent à terre
és a kenyér és a vaj a földre esett
et il mit un genou à terre
és fél térdre ereszkedett
« Je suis un pauvre homme, Votre Majesté », a-t-il commencé
- Szegény ember vagyok, felség - kezdte
« Vous êtes un bien mauvais orateur, » dit le roi
- Nagyon rossz szónok vagy - mondta a király
« Tu peux y aller, » dit le roi
- Mehetsz - mondta a király
et le chapelier quitta précipitamment la cour
És a kalapkészítő sietve elhagyta az udvart
« Appelez le témoin suivant ! » dit le roi
"Hívd a következő tanút!" - mondta a király
Le témoin suivant fut le cuisinier de la duchesse
A következő tanú a hercegnő szakácsa volt
Elle portait la poivrière à la main
A kezében tartotta a borsos dobozt
et les gens près de la porte se mirent à éternuer tout à coup
És az ajtó közelében lévő emberek egyszerre tüsszenteni

kezdtek

« Rendez votre témoignage », dit le roi

- Adj tanúvallomást - mondta a király

— Je ne donnerai aucun témoignage, dit le cuisinier

- Nem fogok bizonyítékot szolgáltatni - mondta a szakács

Le roi regarda anxieusement le lapin blanc

A király aggódva nézett a fehér nyúlra

Et le lapin blanc parlait d'une voix douce

És a fehér nyúl csendes hangon beszélt

« Votre Majesté doit contre-interroger ce témoin »

"Felségednek keresztkérdéseket kell tennie ennek a tanúnak"

« Eh bien, s'il le faut, il le faut, » dit le roi

- Nos, ha muszáj, akkor muszáj - mondta a király

« De quoi sont faites les tartes ? »

"Miből készülnek a torták?"

« Les tartes sont faites de poivre, principalement », a déclaré le cuisinier

"A torták többnyire borsból készülnek" - mondta a szakács

Pendant quelques minutes, toute la cour fut dans la confusion

Néhány percig az egész bíróság összezavarodott

Finalement, ils se sont tous calmés

Végül mindannyian újra letelepedtek

Mais à ce moment-là, le cuisinier avait disparu

De addigra a szakács eltűnt

« N'importe ! » dit le roi

"Sebaj!" – mondta a király

« Appel à la barre du prochain témoin »

"Hívd az emelvényre a következő tanút"

Alice regarda le lapin blanc qui tâtonnait sur la liste

Alice figyelte a fehér nyulat, amint átfutotta a listát

Vous pouvez imaginer sa surprise à ce qu'elle a entendu ensuite

El lehet képzelni, mennyire meglepődött azon, amit ezután hallott

à tue-tête de sa petite voix aiguë, il appela le nom « Alice ! »

reszkető kis hangja tetején az "Alice!" nevet szólította.

Le témoignage d'Alice
Alice bizonyítékai

« Ici ! » s'écria Alice
- Itt! - kiáltotta Alice
Elle se leva d'un bond en toute hâte
Sietve felugrott
et elle renversa le banc des jurés
és felborult az esküdtszéki páholyban
et elle renversa tous les jurés
és leütötte az összes esküdtet
et ils tombèrent sur la tête de la foule en bas
és az alattuk lévő tömeg fejére estek
Alice était dans un grand désarroi
Alice nagyon megdöbbent
« Oh ! je vous demande pardon ! » s'écria-t-elle
"Ó, bocsánatot kérek!" - kiáltott fel
« Le procès ne peut pas avoir lieu », dit le roi
- A tárgyalás nem folytatódhat - mondta a király
« Les jurés doivent retourner à leur place »
"A zsűritagoknak vissza kell térniük a megfelelő helyükre"
Il répéta l'ordre avec beaucoup d'emphase
Nagy hangsúllyal megismételte a parancsot
et il regarda Alice d'un air sévère
és szigorúan nézett Alice-re
**« Que savez-vous de ces événements ? » demanda le roi à
Alice**
"Mit tudsz ezekről az eseményekről?" – kérdezte a király
Alice-től
— Je ne sais rien à ce sujet, dit Alice
- Semmit sem tudok a témáról - mondta Alice
Le roi lut ensuite un extrait de son livre
A király ezután felolvasott a könyvéből
« Règle quarante-deux »
"Negyvenkettes szabály"
**« Toutes les personnes de plus d'un kilomètre de haut
doivent quitter le tribunal »**
"Minden egy mérföldnél magasabb személynek el kell hagynia

a bíróságot"
« Je ne suis pas à un mille de haut, » dit Alice
- Egy mérföld magasan sem vagyok - mondta Alice
« Près de deux milles de haut », dit la reine
- Közel két mérföld magas - mondta a királynő

— Eh bien, je refuse d'y aller, dit Alice
- Nos, nem vagyok hajlandó elmenni - mondta Alice
Le roi pâlit
A király elsápadt
et il ferma précipitamment son carnet
és sietve becsukta jegyzetkönyvét
« Considérez votre verdict », a-t-il dit au jury
"Fontolja meg az ítéletét" - mondta az esküdtszéknek
Il parlait d'une voix basse et tremblante
Halk, remegő hangon beszélt
Puis le lapin blanc prit la parole
Aztán megszólalt a fehér nyúl
« Il y a encore plus de preuves à venir »
"Még több bizonyíték várható"

et il se leva d'un bond en toute hâte
és nagy sietve felugrott
« Ce papier vient d'être retiré »
"Ezt a papírt most vették fel"
« On dirait que c'est une lettre écrite par le prisonnier »
"Úgy tűnik, hogy a fogoly által írt levél"
Il déplia le papier tout en parlant
Beszéd közben kibontotta a papírt
« Ce n'est pas une lettre, après tout »
"Végül is ez nem egy levél"
« Ce que c'était, c'était un ensemble de versets »
"Ami volt, az egy verssor volt"
« S'il vous plaît, Votre Majesté », dit le coquin
- Kérem, felség - mondta a hajós
« Je n'ai pas écrit ces vers »
"Nem én írtam azokat a verseket"
« et ils ne peuvent pas prouver que j'ai écrit quoi que ce
soit »
"és nem tudják bizonyítani, hogy írtam semmit"
« Il n'y a pas de nom signé à la fin »
"Nincs aláírva név a végén"
Le roi parla au fripon
A király beszélt a köcsöghöz
« Vous avez dû vouloir causer des méfaits »
"Biztosan valami bajt akartál okozni"
« Sinon, tu aurais signé ton nom comme un honnête
homme »
"Különben becsületes emberként írta volna alá a nevét"
Il y eut un claquement général de mains
Általános taps hallatszott
Et le roi se tourna vers le lapin blanc
És a király a fehér nyúlhoz fordult
« Lisez les vers », ordonna-t-il
"Olvassátok el a verseket" – parancsolta
Il y eut un silence de mort dans la cour
Halotti csend volt az udvaron
et le lapin blanc lut les versets

és a fehér nyúl felolvasta a verseket
Ils m'ont dit que vous étiez allé chez elle
Azt mondták nekem, hogy jártál nála
Et ils lui parlèrent de moi
És megemlítettek engem neki
Elle m'a donné un bon caractère
Jó jellemet adott nekem
Mais elle a dit que je ne savais pas nager
De azt mondta, hogy nem tudok úszni
Il leur a fait savoir que je n'étais pas parti
Azt üzente nekik, hogy nem mentem el
Nous savons que c'est vrai
Tudjuk, hogy igaz
Si elle poussait l'affaire, que deviendriez-vous ?
Ha tovább erőltetné az ügyet, mi lenne veled?
Je lui en ai donné un, ils lui en ont donné deux
Én adtam neki egyet, ők kettőt adtak neki
Vous nous en avez donné trois ou plus
Hármat vagy többet adtál nekünk
Ils sont tous revenus de sa part vers vous
Mindannyian visszatértek tőle hozzád
bien qu'ils aient été les miens avant
bár korábban az enyém voltak
Si j'avais la chance d'être
Ha nekem vagy neki véletlenül az kellene
Si j'étais impliqué dans cette affaire
Ha én vagy ő részt vennék ebben az ügyben
Il compte en vous pour les libérer
Bízik benned, hogy megszabadítod őket
Exactement comme nous étions
Pontosan úgy, ahogy mi voltunk
Mon idée, c'est que vous aviez été
Az volt az elképzelésem, hogy te voltál
Avant qu'elle n'ait cette crise
Mielőtt ez a rohama lett volna
Un obstacle qui s'est dressé entre
Egy akadály, amely

Lui, et nous-mêmes, et cela
Őt, magunkat és azt
Ne lui faites pas savoir qu'elle les aimait mieux
Ne tudassa vele, hogy a legjobban szereti őket
Car cela doit être à jamais un secret, caché à tous les autres
Mert ennek örökre titoknak kell lennie, meg kell őriznie a
többitől
Ce secret doit rester un secret entre vous et moi
Ennek a titoknak titokban kell maradnia közted és köztem
Le roi était très impressionné
A király nagyon le volt nyűgözve
**« C'est la preuve la plus importante que nous ayons
entendue jusqu'à présent »**
"Ez a legfontosabb bizonyíték, amit eddig hallottunk"
**— Je ne crois pas que ces vers aient un atome de sens,
objecta Alice**
"Nem hiszem, hogy ezek a versek egy atomnyi jelentést
hordoznának" – tiltakozott Alice
le roi avait sa propre opinion sur la question
a királynak megvolt a saját véleménye a kérdésben
**« S'il n'y a pas de sens dans ces mots, cela sauve un monde
de problèmes »**
"Ha ezeknek a szavaknak nincs értelme, az megmenti a bajok
világát"
**« Alors nous n'avons pas besoin d'essayer de trouver le
sens »**
"Akkor nem kell megpróbálnunk megtalálni a jelentését"
« Laissons le jury délibérer sur son verdict »
"Hagyja, hogy az esküdtszék mérlegelje ítéletét"
« Non, non ! » dit la reine
"Nem, nem!" - mondta a királynő
« La condamnation d'abord, le verdict ensuite »
"Először az ítélet, utána az ítélet"
« Des bêtises et des bêtises ! » dit Alice à haute voix
"Ilyesmi és ostobaság!" - mondta Alice hangosan
« Comme il est stupide de condamner l'accusé en premier ! »
"Milyen ostobaság először a vádlottat elítélni!"

« Tais-toi ! » dit la reine en devenant violette

"Tartsd a nyelved!" - mondta a királynő, lila színben

« Je ne me tairai pas ! » dit Alice

"Nem fogom tartani a nyelvemet!" - mondta Alice

cria la reine à tue-tête

- kiáltotta a királynő fennhangon

« Coupez-lui la tête ! »

- Vágja le a fejét!

Personne n'a fait un mouvement

Senki sem mozdult

« Qui se soucie de ce que vous dites ? » dit Alice

"Kit érdekel, hogy mit mondasz?" – kérdezte Alice

Elle avait atteint sa taille maximale à ce moment-là

Ekkorra már teljes méretére nőtt

« Tu n'es rien d'autre qu'un jeu de cartes ! »

"Nem vagy más, mint egy csomag kártya!"

À ces mots, toutes les cartes se levèrent dans les airs

Erre az összes kártya felemelkedett a levegőben

et toutes les cartes s'abattaient sur elle

és az összes kártya lerepült rá
Elle poussa un petit cri
Egy kicsit sikoltozott
Elle était à moitié effrayée, mais aussi en colère
Félig félt, de dühös is volt
Et elle a essayé de se battre contre les cartes
És megpróbálta kiverekedni magából a kártyákat
puis elle se retrouva allongée sur le talus d'herbe
Aztán a füves parton feküdt
Sa tête était sur les genoux de sa sœur
A feje a nővére ölében volt
Des feuilles mortes s'étaient posées sur son visage
Néhány halott levél landolt az arcán
et sa sœur balayait doucement les feuilles
A húga pedig gyengéden lesöpörte a leveleket
« Réveille-toi, ma chère Alice ! » dit sa sœur
"Ébredj fel, Alice kedves!" - mondta a nővére
« Quel long sommeil tu as eu ! »
"Milyen sokáig aludtál!"
« Oh, j'ai fait un rêve si curieux ! » dit Alice
"Ó, olyan furcsa álmom volt!" - mondta Alice
Et elle raconta à sa sœur tout ce qu'elle pouvait se rappeler
És elmondott a húgának mindent, amire emlékezett
toutes les étranges aventures que vous venez de lire
Az összes furcsa kaland, amiről az imént olvastál
Alice se leva et s'enfuit en courant
Alice felállt és elszaladt
et elle pensait, tout en courant, à son rêve
És futás közben az álmára gondolt
« Quel rêve merveilleux cela avait été ! »
"Milyen csodálatos álom volt!"